Karin

Birger Brand

Todesurteil Rügen

Ostseekrimi

Die Handlung und alle handelnden Personen sind frei erfunden. Jegliche Ähnlichkeiten mit tatsächlichen Begebenheiten, lebenden oder verstorbenen Personen sind deshalb unbeabsichtigt und rein zufällig.

1. Auflage März 2020

 Cover: D+H Design. Birger Brand, c/o AutorenServices.de, Birkenallee 24, 36037 Fulda. ISBN 9798624152410

Für Jürgen U.

Und nur einen Augenblick schwankte das Zünglein an der Waage zwischen Tod und Leben; aber dann nicht länger.

(Theodor Storm: *Psyche*)

Prolog

Er hatte die Augen geschlossen und konnte das Meer riechen. Sein Oberkörper begann ganz leicht zu schwanken und es war, als ob er im Ruderhaus seines Fischerbootes sitzen würde. Die linke Hand ergriff das unsichtbare Steuer. In der rechten hielt er das Funkgerät. Seine Lippen bewegten sich, doch der Funkspruch kam nicht an. Niemand hörte ihn mehr.

Der Regen wurde dichter. Gespannt lauschte er auf das Tuckern des kleinen Motors, den er vor zwei Wochen repariert hatte. Würde das alte Ding diese letzte Fahrt noch mitmachen? Der Geruch von Öl stieg ihm in die Nase. Der Wind hatte auf Nordnordost gedreht. Steuerbord tauchten Scheinwerfer auf. Es mussten mindestens zwei Boote sein. Dann zersplitterte die erste Scheibe des Ruderhauses. Der zweite Schuss pfiff keinen halben Meter an seinem Kopf vorbei.

Irgendwann zogen sie ihn halbtot aus dem Wasser. Ohne Furcht war er über Bord gesprungen. Doch mit ihren verdammten Scheinwerfern hatten sie ihn aufgestöbert. Als er schließlich am Ufer lag, merkte er, dass sie nur zu zweit gewesen waren. Von zwei verdammten Kerlen hatte er sich reinlegen lassen.

***

Die Nacht musste begonnen haben, denn es war still geworden. Der Boden war hart, trocken und angenehm kühl. Wilhelm spürte seinen Hintern kaum mehr. Dicke Tropfen Schweiß liefen ihm am Hals runter. Ein leichtes Frösteln durchfuhr seinen Körper. Er warf den Kopf in den Nacken. Ein Anflug von Fieber? Oder war es eine Ahnung?

Von weitem hörte er Türenschlagen und lautes Rufen, das wie Hundegebell klang. Oder besser noch, dachte er, wie das von Hyänen. Die sind auch nur im Rudel stark. Er musste schmunzeln. Seine Zahnlücken sah hier in der Dunkelheit niemand. Aber er wusste, dass sie da waren. In jeder steckte jetzt eine Geschichte anstelle eines Zahns, dachte Wilhelm. Er grinste stumm und steckte seine Zunge nacheinander in alle Löcher.

Aber nicht alle Geschichten stimmten, dachte er plötzlich und schloss die Augen. Scheiße! Es gab welche, die ihm nicht gehörten. Ein paar Sachen sind nicht passiert! Und trotzdem gab es diese Bilder in seinem Kopf. Wie sind sie dorthin gelangt? Wer hatte sie ihm in seinen verfluchten Schädel eingehämmert? Er sah die blassen Arme, das strohblonde Haar, die Sandalen. Aber da war noch mehr! Er riss die Augen auf.

Wieder ertönten Stimmen. Diesmal näher. Wilhelm verstand trotzdem nicht, was sie sagten. Dann erscholl ein metallisches Scheppern. Es war so laut, dass ihm der Kopf weh tat. *Schon wieder diese verdammten Kopfschmerzen!* Stimmen brachen über ihn herein. Sätze wie Hustenanfälle. Kreischendes, unangenehmes Reden. Wilhelm hob den Kopf und sah graue Männer mit grauen Gesichtern. Weiße Zähne leuchteten in schwarzen Mundhöhlen. Die Hyänen bellten sich an. Er stemmte die

Fäuste auf den Boden und stützte sich ab. Ihm wurde schwindelig. Du bist zu alt für all das, dachte er sich.

Mit schweren Schritten begann er zu laufen. Langsam kehrte das Blut in seine tauben Füße zurück. Er zählte die Echos seiner Schritte: *tack, tack, tack, tock, tock, tock …* Etwas brachte ihn durcheinander. Ein bekanntes Gesicht tauchte vor ihm auf. Es war gelb wie das Licht der Glühbirne, die von der kahlen Decke baumelte. Forsch, glattrasiert, mit einem viereckigen Gebiss. Schöne Kauleiste, dachte Wilhelm, sehr nützlich … Dieses gewaltige Kinn erinnerte ihn an einen ausländischen Filmstar. *Wann war er zum letzten Mal im Kino gewesen?* Ein verkrampftes Lächeln. Lippen bewegten sich. Der Kerl kniff die Augen zusammen. Das musste ein Gruß gewesen sein. Wilhelm grüßte zurück.

„Moin!“

Plötzlich blitzte ein Licht auf. Direkt neben ihm. Er riss den Kopf herum und schirmte sein Gesicht ab. Er war geblendet. Dann hörte er es. Das Röcheln in seinem Nacken. Aber es war kein warmer Atem, sondern ein kalter. Er spürte den Stahl wie Eis auf seiner schweißnassen Haut. Ein Schuss ertönte. Ein alles durchdringender Schmerz ergriff seinen Körper. Wilhelms Knie wurden weich. Sein Genick pochte heiß. Er riss die Arme hoch, wollte sich in den Nacken greifen. Dann noch ein Schuss. Wilhelms Kopf kippte seitlich weg, wie ein Holzklotz. Die Arme fielen kraftlos hinunter. Dann brach er zusammen und schlug mit dem Schädel auf den Beton. Das Blut quoll aus zwei Löchern in Hals und Hinterkopf und bildete sofort eine große Lache. Und wieder erklang das Gebell der Hyänen mit den grauen Gesichtern. Aber Wilhelm hörte es nicht mehr.

Kapitel 1

Die Sassnitzer Mole lag wie eine riesige, taube Gliedmaße vor dem schlafenden Hafen. Die wenigen Irren, die sich aus welchen Gründen auch immer dem rauen Seewind aussetzten, krabbelten hilflos auf ihr herum. Zumindest sah es von oben so aus. Er verstand sie nicht. Wer ging nur bei diesem Wetter an der Küste spazieren! *Die Menschen hatten wohl nichts Besseres zu tun!*

Er war nur hier, weil er dem Immobilienbüro seine Zusage gegeben hatte. Schon seit ein paar Jahren verdiente er sich mit kleinen Werbefilmen etwas dazu. Diesmal handelte es sich um ein Objekt in Hafennähe. Die Inhaber wollten die Immobilie noch im Dezember anbieten und hatten zu diesem Zweck ein paar Bilder von Hafen und Strandpromenade bei ihm in Auftrag gegeben.

Er hatte bereits einige brauchbare Aufnahmen im Kasten. Die stillgelegte Fähranlegestelle war dabei, das Fischerei- und Hafenmuseum, das Fährterminal, *Kutter- und Küstenfisch Rügen*, die Imbisskutter, die Mole, das Leuchtfeuer, wenn auch nur von weitem, das Café *Gumpfer*. Er hatte die Restaurants der Promenade aufgenommen, die Kurmuschel, das alte Strandhotel, das von außen so aussah, als würde es den nächsten Sturm nicht mehr überstehen, das Denkmal für die auf See gebliebenen Fischer. Nur vom Kreidefelsen brauchte er keine neuen Bilder. Er hatte noch ein paar von seinem letzten Winterdreh übrig. Die würde er schon irgendwie in den Film hineinschneiden. Der Kreidefelsen machte sich immer gut. Ganz egal, was man verkaufen wollte.

Dann erinnerte er sich daran, dass der Auftraggeber auf eine Nahaufnahme des grün-weißen Ostmolenfeuers bestanden hatte. *Mist!* Also doch noch mal hin da … Widerwillig begann er, die Mole meereinwärts zu laufen. Die wütenden Bisse des Windes ignorierte er so gut, wie es ging. Die zusammengekniffenen Gesichter der wenigen Spaziergänger, die ihm entgegenkamen, ebenso. Auf halber Strecke ließ er dann die Drohne in die Luft steigen. Er merkte sofort, dass der stärker werdende Wind dem Fluggerät ordentlich zu schaffen machte. *Scheiß Böen!* Die verwackelten Bilder würde er denen nicht anbieten können. Er müsste noch einmal wiederkommen.

Doch was war das? Auf dem Tablet erkannte er einen roten Farbtupfer an der Ostseite des Steinwalls, etwa zwanzig Meter vom Leuchtturm entfernt. Langsam ging er weiter. Eine Plastiktüte, eine angeschwemmte Verpackung? Er ging hinunter. Jetzt erkannte er erste Konturen. Es war eine Jacke. Tatsächlich! Eine dicke Winterjacke. Doch was hing da noch mit dran? Er ging noch weiter hinunter. Schließlich sah er, um was es sich handelte.

Es war eine Leiche. Im Rhythmus der Wellen schlug sie gegen die großen, kantigen Steine.

***

Westphal schloss die Tür zum Pausenzimmer auf. Es war ein dunkler Raum, in dem der Duft von Kaffee und Papier hing. Sie hielt sich nicht oft hier auf, denn sie zog es vor, ihre freie Zeit in dem Büro zu verbringen, das sie sich mit zwei weiteren Dozenten teilte. Seit acht Monaten unterrichtete sie nun schon Berufsethik und Polizeirecht an der Fachhochschule Güstrow. Während sie sich einen

Tee aufgoss, lauschte sie dem Gespräch zweier Kollegen, die am anderen Ende des Raumes saßen.

„Wann hat der Brodersen denn hier aufgehört?“

„Vor über zehn Jahren ist er in Rente gegangen. Den dürftest du nicht mehr gekannt haben.“

„Nein. Habe genau ein Jahr später hier angefangen. Wie alt war er denn?“

„Ich glaube, auch schon sechsundsiebzig.“

„War es nun Suizid?“

„Das hat man zumindest so gehört. Er soll ein Alkoholproblem gehabt haben.“

„Könnte auch besoffen vom Boot gefallen sein. Wäre er nicht der erste gewesen.“

„Weiß nicht ...“

„Stralsund hat trotzdem eine Mordkommission gegründet“, sagte einer der beiden und sah zu Westphal hinüber. „Wissen Sie mehr darüber, Frau Westphal?“

„Leider noch nicht. Was hat der Herr Brodersen denn unterrichtet, wenn man fragen darf?“, gab sie zurück.

„Also, seit der Umstrukturierung der Schule war er Sozialkundelehrer. An die Zeit davor kann ich mich nicht erinnern.“

„Und ganz früher soll er mal Polizist gewesen sein, so wie viele hier ...“

Westphal sah das Display ihres Handys in ihrer Tasche aufleuchten. Wer rief sie um diese Zeit an? War es Marija?

„Entschuldigen Sie!“, sagte sie und verließ das Pausenzimmer.

„Elmar?“ Es handelte sich um ihren ehemaligen LKA-Partner Elmar Kaehr.

„Moin, Lydia!“, sagte der alte Kollege.

„Was verschafft mir denn die Ehre?“

„Es ist mir ja fast ein wenig unangenehm …"

„Jetzt komm mir bitte nicht wieder mit der Geschichte vom Personalmangel beim LKA. Ich bin jetzt Dozentin, falls du es noch nicht mitbekommen haben solltest."

„Und genau in dieser Eigenschaft rufe ich dich auch an", entgegnete Kaehr.

„Verstehe ich jetzt nicht ganz", antwortete Westphal.

„Bist du heute schon einem Kollegen über den Weg gelaufen?"

„Gerade eben erst. Bin extra vor die Tür gegangen, als du angerufen hast."

„Und, was war da so Thema?", wollte Kaehr wissen.

„Ach so, jetzt weiß ich, was du willst!", erwiderte sie. „Du spielst auf den ehemaligen Lehrer an, der …"

„Richtig", ertönte es aus dem Telefon. „Du sollst nichts weiter tun, als Augen und Ohren im Kollegium offenhalten."

„Dir ist bewusst, dass das ganz perfide ist, oder?", fragte sie Kaehr.

„Wieso?"

„Weil du weißt, wie ich ticke."

„Und wie tickst du?", fragte Kaehr mit gespielter Unschuld in der Stimme.

„Ich kann nicht einfach nur so die Augen aufhalten, ohne mich involviert zu fühlen. Du weißt das, Elmar. Du willst mich in den Fall hineinziehen."

„Lydia, was sollte ich denn sonst tun?", gab Kaehr jetzt zu. „Du arbeitest an der ehemaligen Wirkungsstätte des Toten und du bist als stille Beobachterin einfach zu wertvoll. Ich faxe dir heute noch eine *Dienstersatzvereinbarung für besondere Aufgaben bei den Ermittlungsbehörden*. Die schickst du mir unterschrieben zurück. Ich regele das dann mit der zuständigen Staatsanwaltschaft."

„Und wenn es Selbstmord war?“

„Auch das muss man erst beweisen. Das muss ich dir doch nicht erklären.“

„Ist ja gut …“

„Danke. Vielleicht entwickelt sich ja auch gar nichts weiter daraus“, gab Kaehr zurück. „Aber ich habe da so ein Gefühl …“

„Gefühl?“

„Vielleicht hatte ja einer der älteren Kollegen aus der Schule noch Kontakt zu Brodersen. Soll ja vorkommen“, erwiderte Kaehr. „Das ist alles.“

„Ich werde mich mal umhören“, gab Westphal zurück.

„Und sonst so?“, erkundigte sich Kaehr.

„Ganz gut.“

„Wie geht es deiner Tochter?“

„Marija hat gerade eine stabile Phase“, erwiderte Westphal. „Sie hat in der Klinik einen jungen Mann kennen gelernt, von dem sie ganz angetan ist.“

„Das ist ja großartig!“

„Ja, endlich. Wir haben so lange gewartet, dass sie mal Vertrauen zu jemandem fasst. Dieser Kai scheint etwas an sich zu haben. Übrigens ist er Autist.“

„Und wie muss man diese Freundschaft interpretieren?“

„Das hat mich Marijas Vater auch gefragt. Ich denke aber nicht, dass die beiden so schnell intim werden. Und wenn schon! Ich finde es erst einmal toll, dass sie überhaupt jemanden hat.“

„Toll!“

„Sie hat ihre ganze Jugend über nie richtige Freunde gehabt. In den Schulen, in denen sie war, hat man sie wegen ihrer Störung entweder gemieden oder gemobbt. Aber das weißt du ja alles.“

„Was du nicht sagst …“

„Übrigens arbeitet Kais Vater hier an der Schule …“

„Was? Das trifft sich ja hervorragend!“

„Vielleicht. Aber Herr Bertel traut der ganzen Sache noch nicht so recht. Er möchte, dass wir als Eltern erst einmal dabei sind, wenn Kai und Marija sich treffen. Er meinte, sein Sohn sei sehr empfindlich, was körperliche Aggressionen angeht. Und du kennst ja Marija …“

„Ja, ich weiß, wovon du sprichst“, erwiderte Kaehr. „Wie alt ist denn dieser Kai?“

„Gerade neunzehn geworden. So alt wie Marija.“

„Verstehe“, sagte Kaehr. „Und wann findet das betreute Dating statt?“

Westphal musste schmunzeln, als sie das hörte. „Wir sind für heute Nachmittag in Sassnitz verabredet. Ich werde dir berichten, wie es gelaufen ist.“

***

Der Forensiker Sandro Behner beugte sich über die Wasserleiche. Er hatte soeben die äußere Obduktion abgeschlossen und alle oberflächlichen Merkmale auf seinem Diktiergerät festgehalten. Narben, Wunden, Hautflecken, Auffälligkeiten im Gebiss, Schmuck und Kleidung. Nun nahm er das Skalpell zur Hand, um den Y-Schnitt vom Schlüsselbein zum Bauchnabel durchzuführen. „Wer hat ihn identifiziert?“

„Seine Frau“, gab Kommissar Jung zurück. „Sie hatte ihn nur ein paar Stunden zuvor als vermisst gemeldet.“

„Die beiden kommen aus Sassnitz?“, wollte der Forensiker wissen. Der Schnitt war getan und Behner war dabei, die schlaffen Hautlappen des Bauchraumes aufzuklappen.

„Wohnen in der Lenzer Straße“, antwortete Jung abwesend und blickte starr auf die Leiche. „Was bedeuten die ganzen Wunden dort an den Händen und Füßen? War das eine Schiffsschraube?“

„Wasserleichen schwimmen meist bäuchlings, so dass es im flachen Wasser zu Abschürfungen an den Körperteilen kommt, die herunterhängen. Füße, Hände, Kopf“, erklärte der Mediziner und nahm eine kleine elektrische Knochensäge, um mit präzisen und geübten Schnitten das Brustbein und die angrenzenden Rippen zu lösen und zu entfernen. „Eine Schiffsschraube verursacht nicht diese Art von Wunden, sondern sie zerstückelt und trennt ab.“

Mit wenigen Skalpellschnitten löste er Lunge und Herz und hob sie aus dem Torso heraus, um sie auf einem Nebentisch abzulegen.

„Ach! Sieh mal einer an!“, rief Behner, als er mit dem Skalpell in das Lungengewebe fuhr. „Kein Wasser in der Lunge. Ertrunken ist er schon mal nicht.“

„Seltsam“, bemerkte Jung. „Denn er wurde beim Ausfahren gesehen.“

„Allein?“, fragte Behner.

„Korrekt. Er ist alleine hinausgefahren“, folgerte Jung weiter, „und war offensichtlich ja bereits tot, als er über Bord gegangen ist.“

„Es könnte jemand zugestiegen sein …“, gab Behner zu bedenken. „Was ist denn mit dem Kahn? Hat man den schon gefunden?“

„Eben nicht …“

„Wäre vielleicht ganz hilfreich …“, sagte Behner. „Falls sich eine weitere Person darauf befunden hat, hat diese sicherlich auch Spuren hinterlassen.“

„Nehmen wir einmal an, er hat sich allein auf dem Boot befunden und ist eines natürlichen oder … selbstverschuldeten Todes gestorben“, mutmaßte Jung. „Kann ein menschlicher Körper dieser Größe dann einfach über Bord gehen? Also, etwa durch starken Wellengang?“

„Kommt auf die Beschaffenheit des Bootes an“, antwortete Behner. „Und auf die Frage, wo genau sich der Mann aufgehalten hat. Vielleicht hat er ja gestanden oder auf der Reling gesessen, als der Tod eingetreten ist.“

„Aber trotzdem“, wandte Jung ein. „Wir sind ja hier nicht an der Nordsee. Und die letzten Tage waren doch eindeutig ruhig, nicht wahr?“

„Sehr mäßige Windstärke, würde ich sagen.“

Der Forensiker schickte sich nun an, der Reihe nach die Organe aus der oberen und unteren Bauchhöhle zu lösen und anschließend zu entnehmen. Routiniert bereitete er die Gewebeproben für den Versand an das Labor vor, wo man Mageninhalt, Urin und Blutplasma analysieren würde.

„In zwei bis drei Tagen wissen wir mehr“, sagte Behner, der gerade das Röhrchen mit dem Mageninhalt verschloss.

„Worauf wird das untersucht?“

„Standardmäßig auf verschiedene Gifte wie Ethanol, Paracetamol, Amphetamine, Barbiturate, Benzodiazepine, Cannabis, Kokain, Methadon, Opioide, LSD, Antidepressiva.“

„Können Sie auch so schon irgendetwas erkennen?“, fragte Jung.

„Ich verstehe Sie nicht.“

„Na ja, vielleicht hinterlassen bestimmte Gifte ja Spuren auf den Organen.“

„Das schon, aber ich kann nichts erkennen. Sieht alles ein wenig ramponiert aus. Insbesondere Leber und Pankreas. Was hier zum Tod geführt haben soll, ist mir bis jetzt ein Rätsel."

„Es kann also alles sein?"

„Also, ich möchte eigentlich keinen Tipp abgeben, bevor ich nicht die Schädeldecke geöffnet habe", entgegnete Behner und nahm das Skalpell in die Hand. Rasch löste er die Kopfschwarte vom Schädel und klappte sie dem Toten nach vorne über das Gesicht. Jung runzelte bei dem Anblick die Stirn. Er fand, dass es etwas Entwürdigendes hatte, wenn man der Leiche die Sicht mit der eigenen Kopfhaut versperrte.

Konzentriert führte Behner die elektrische Knochensäge im Rund auf der Schädeldecke entlang. Dann legte er das Werkzeug zur Seite und entfernte die gewölbte Knochenscheibe mit einer leichten Drehung. Jetzt musste der Kommissar doch schlucken.

„Sie können auch rausgehen, wenn Ihnen das zu viel ist", sagte Behner, dem mit einem einzigen Blick in Jungs Gesicht klargeworden war, dass dieser so langsam an seine Grenzen stieß.

„Ach, das passt", erwiderte Jung. „Machen Sie mal weiter."

„Wie Sie wollen", gab Behner zurück und entnahm dem Schädel das Gehirn, um es auch gleich mit geübter Hand aufzuschneiden wie ein Stück Kalbsbries.

„Jetzt ziehe ich es durch", stammelte Jung.

„Und es hat sich gelohnt", sagte Behner, der sich ein wenig tiefer über sein Untersuchungsobjekt beugte. „Hier haben wir doch etwas."

Kapitel 2

Der Himmel über Brandshagen war wolkenverhangen und die Kronen der kahlen Bäume schaukelten leicht im Wind. Mark Fibinger setzte sich zu seinem Opa an den Küchentisch, als keine fünfzig Meter entfernt eine schwarz gekleidete Gestalt durch das Unterholz auf das Haus zu stapfte.

Heinrich Fibinger hatte vor einigen Monaten erste, aber eindeutige Anzeichen von Demenz gezeigt. Fortan versuchte sein Enkel, ihn täglich zu besuchen. Sie waren die beiden letzten Fibingers. Mark hatte seinen Vater nie kennengelernt und seine Mutter war ein Jahr zuvor verstorben. Ihm hatte der Opa stets den Vater ersetzt. Er war seine ganze Familie.

Mark scheute den Gedanken, den Alten in ein Heim zu geben. Obwohl er jeden Tag mit eigenen Augen sah, dass sich sein Zustand verschlechterte. Auch das Personal der ambulanten Pflege hatte ihn bereits mehrfach darauf angesprochen. Man hatte ihm sogar angeboten, ihn bei der Suche nach einem Heimplatz zu unterstützen.

„Diese Löcher in den Händen“, brummte Opa Fibinger. „Sie tun weh.“

„Welche Löcher?“, fragte Mark und nahm die rechte Hand seines Großvaters in beide Hände. Sanft streichelte er die weiche, faltige Haut. Der Großvater zuckte zusammen.

„Siehst du das nicht?!“, rief er und drehte seine Handflächen nach oben, um sie Mark zu zeigen. „Da kommen lauter Ameisen raus.“

„Da sind aber keine Ameisen!“, versuchte Mark seinen Großvater zu beruhigen.

„Doch!“, schrie der Alte. In seinen grauen Augen lag ein Anflug von Panik. „Sie krabbeln aus meiner Hand.“

Mark kannte diese Visionen seines Opas bereits, doch sie erschreckten ihn jedes Mal aufs Neue. Sie setzten meist abends ein, wenn der Großvater müde war. Nicht selten redete er von Insekten, die in Körperöffnungen hinein oder aus ihnen heraus krabbelten. Mark hatte sich angewöhnt, die Aufmerksamkeit seines Opas auf irgendetwas Alltägliches zu lenken, wie zum Beispiel die Tageszeitung oder das Essen. Er griff nach der aktuellen Ausgabe der *Ostsee-Zeitung*, die auf dem Küchenschrank lag.

„Sieh mal, es gibt eine neue Ausstellung im Hafen“, sagte Mark, während er das Regionalblatt aufschlug.

„Die Ameisen kommen überall raus“, gab Opa Fibinger zurück. „Auch aus seinen Ohren. Und aus seinem Hals.“

„Aus wessen Ohren?“, fragte Mark.

„Aus den Ohren, habe ich gesagt“, stammelte der Großvater, dessen Blick von Marks Gesicht zur aufgeschlagenen Zeitung und wieder zurück wanderte. Rasch bewegten sich seine Pupillen.

„Ach, komm, Opa! Wir lesen ein bisschen Zeitung und dann wird es schon wieder.“

Doch Opa Fibinger kam nicht zur Ruhe. Nervös wischte er mit der Hand über die Zeitung und murmelte unverständliche Worte vor sich hin. Plötzlich klopfte er kräftig mit dem Zeigefinger auf ein Schwarz-Weiß-Bild am unteren Rand der aufgeschlagenen Doppelseite.

„Hier!“, rief der alte Fibinger. „Aus seinen Ohren kommen die Ameisen!“

Mark richtete seinen Blick auf das Bild. Es war zweigeteilt. Die linke Seite zeigte das Foto eines Mannes in wetterfester Kleidung am Hafen von Sassnitz, die rechte zeigte das Foto eines Kopfes. Erst bei genauem Hinsehen fiel ihm auf, dass dieser Kopf zu einer Leiche gehörte. Seine Augen wanderten zu der Überschrift der Meldung: *Rentner aus Sassnitz tot an der Mole angeschwemmt*.

„Aus seinen Ohren!“, wiederholte der alte Fibinger laut. Mark schrak zusammen.

„Was redest du?“

„Aus Brodersens Ohren“, antwortete der Großvater. „Jetzt haben sie ihn geholt.“

„Wer hat ihn geholt?“

„Die Ameisen haben ihn geholt“, antwortete der alte Mann. Die graue Haut unter seinem Kinn zitterte. „Und mich werden sie auch bald holen.“

„Ach, rede doch keinen Unsinn!“

„In meinen Händen sind sie ja schon drinnen.“

Mark Fibinger zog die Ausgabe der *Ostsee-Zeitung* langsam unter den Fingern seines Opas hervor. Als er den Artikel überflog, stockte ihm der Atem. Doch er war nicht der einzige. Auch die dunkle Gestalt, die im Garten des Hauses stand und durch das Fenster in die Küche blickte, hielt den Atem für ein paar Sekunden an.

Der heimliche Besucher wusste, was Mark Fibinger gerade erblickt hatte.

***

Die drei Männer waren kaum älter als zwanzig Jahre. Sie saßen in einer verlassenen Bunkeranlage auf dem Dänholm, ganz in der Nähe des Schrottplatzes. Draußen rüttelte ein ruppiger Wind an den kahlen Eichen. Aber davon bekamen sie nichts mit. Ihr Unterschlupf war wind- und wetterfest.

„Weiß dein Alter, dass wir heute allein hier sind?"

„Nein."

„Besser so."

„Hast du sie?"

„Warte!", sagte einer und ging in die Ecke des Bunkerzimmers, um einen Karton zu holen. Er stellte ihn auf den wackeligen Tisch und zog eine Packung mit Aktivkohle heraus. „Hier ist sie. Kann man nie genug von haben."

„Wasser ist das Wichtigste. Ohne geht gar nichts. Bei Stromausfall lässt der Pumpendruck der Wasserwerke ziemlich schnell nach. Und das Restwasser saugen dir die Leute auch ganz schnell aus den Leitungen. Keine Chance."

„Ich habe noch die zwei Maischefässer."

„Das ist schön. Nur bringen die uns nichts, wenn wir fliehen müssen. Viel zu groß, die kriegst du in kein Auto und kein Boot gehievt."

„Dafür haben wir ja die Kohle und die Chlortabletten. Aber eigentlich gehen wir ja erst einmal davon aus, dass wir unser Haus verteidigen können."

„Wir hatten ja auch gesagt, dass wir uns gemeinsam für einen Unterschlupf entscheiden und uns im Fall der Fälle dort versammeln."

„Dort sollten also die großen Wasservorräte lagern."

„Jetzt ist nur noch die Frage, wie wir das anstellen. Wasser ist auch nicht unendlich haltbar."

„Also, eigentlich schon."

„Ach, komm! Du Schlaumeier wieder! Aber nicht, wenn es Keimen ausgesetzt ist. Und die fliegen überall herum."

„Es gibt ja nicht wenige, die auf Sprudelwasser schwören."

„Ich halte das auch für die beste Lösung. Wir kaufen einfach ein paar Kisten Mineralwasser und fertig ist. Zumal die Kohlensäure das Wasser extra lange haltbar macht.“

„Und du willst mir etwas von Transport erzählen? Dann doch lieber ein paar Fünf-Liter-Kanister.“

„Mmh … lecker, mit Benzinaroma.“

„Du musst sie halt gründlich auswaschen. Dann geht das schon. Und ich glaube auch nicht, dass dir das im Fall der Fälle was ausmacht. Dann musst du nämlich auch Regentonnen und Klospülungen leersaufen. Aber was ist jetzt eigentlich mit deinen Steinschleudern?“

„Das sind keine Steinschleudern, sondern Armbrüste.“

„Und alles, was zu den Armbrüsten zählt, fällt nicht unter das Waffengesetz, oder?“

„Stimmt. Das sind Sportgeräte. Aber die Frage ist, wie lange das noch so ist. Habe gehört, dass die das ändern wollen.“

„Wir wissen, dass du das gehört hast. Wir waren nämlich letzte Woche im Unterricht dabei.“

Kapitel 3

Westphal saß vor der Klasse und wartete auf eine Antwort. Sie spürte ein leichtes Unbehagen bei dieser Lerngruppe, wusste aber nicht, woher es rührte. Es handelte sich um achtzehn Polizeischüler der Laufbahngruppe 1 im ersten Semester. Nur drei von ihnen waren weiblich.

„Herr Fibinger", sagte Westphal, als sich der großgewachsene, freundliche Schüler mit dem dunkelblonden Haar meldete.

„Würden Sie bitte die Frage wiederholen?", fragte Fibinger, worauf Westphal das Kichern einiger Schüler vernahm. „Ich habe gerade nicht zugehört."

„Ich habe Sie gefragt, welchen moralischen Problemen sich Polizisten Ihrer Meinung nach in der Praxis stellen müssen."

„Meinen Sie Bestechlichkeit?", rief ein anderer Schüler unaufgefordert in den Raum.

„Ist Bestechung denn ein moralisches Problem?", fragte die Dozentin zurück. Langsam ließ sie ihren Blick über die Gesichter der Anwesenden schweifen. Niemand hob die Hand. Interessierte sie das Thema nicht oder befürchteten sie, eine falsche Antwort zu geben? Schließlich meldete sich eine Schülerin.

„Bestechung ist ein rechtliches Problem, aber kein ethisches ...", sagte sie. „Und wie genau meinen Sie das mit der Praxis?"

Ein weiterer Schüler meldete sich. Westphal forderte ihn mit einem Handzeichen zum Reden auf.

„Meinen Sie einen … irgendwie unkorrekten oder unmenschlichen Befehl?“, fragte er. „Also in der Praxis …?“

„Ja, zum Beispiel“, erwiderte Westphal. „Würden Sie sich denn einem Befehl widersetzen, den Sie für unmenschlich halten?“

„*Unmenschlich*? Was soll das schon sein?“, rief ein Schüler namens Seefeldt. „Da versteht doch jeder etwas anderes drunter.“

„Ist das so?“, gab Westphal die Frage an die Gruppe zurück. Sie zeigte auf Mark Fibinger.

„Steht dazu nicht irgendetwas im Grundgesetz?“, antwortete Fibinger. „Also der Artikel mit der Menschenwürde …“

„Die Stunde ist vorbei“, rief plötzlich ein kleiner, dunkelhaariger Schüler aus der ersten Reihe. Westphal sah auf die Uhr. Tatsächlich. Es war kurz nach zehn. Die Frühstückspause hatte bereits begonnen.

„Na, dann merken Sie sich die Frage für das nächste Mal! Für heute sind Sie entlassen.“ Westphal ordnete ihre Unterlagen und merkte gar nicht, dass Mark Fibinger vor dem Lehrertisch stehen geblieben war. Er war zu höflich, um sie zu stören, und wartete schweigend darauf, dass sie ihn ansprechen würde.

„Was gibt es?“, fragte Westphal, als sie ihn bemerkte.

„Hätten Sie kurz Zeit für mich?“, wollte Fibinger wissen. Westphal sah in seine großen, dunkelbraunen Augen. Aus ihnen sprach Besorgnis.

„Aber natürlich, Herr Fibinger“, entgegnete sie ihm. „Wenn Sie bitte die Tür schließen würden.“

***

Heinrich Fibinger achtete nicht darauf, was in seinem Garten vor sich ging. Ahnungslos saß er in seinem Ohrensessel und blickte auf die stehengebliebene Wanduhr. Es war ein kostbares Stück, das sich schon lange im Besitz seiner Familie befand. Aber er war leider nicht mehr imstande, das Ding selbständig aufzuziehen. Er konnte ja kaum gerade stehen und seine Hände waren auch nicht ruhig genug. *Was konnte er überhaupt noch allein?!* Er würde Mark fragen müssen. Der Junge würde das schon richten. Fibinger war stolz auf seinen Enkel, den Polizeischüler.

„Könnte wat essen", murmelte der Alte und sah auf seine Armbanduhr. Diese funktionierte sehr wohl noch. Fast ein bisschen zu gut, dachte Fibinger. Er brauchte eine Weile, um die drei Zeiger sinnvoll zueinander in Beziehung zu setzen und sich vor allem daran zu erinnern, wieso er eigentlich die Zeit hatte wissen wollen.

„Ach!", rief er aus.

Es war ihm eingefallen. *Mark würde bald kommen!* Die Dame von der ambulanten Pflege war ja auch längst verschwunden. Wie lange das wohl schon wieder her war? Ein Lächeln huschte über das faltige Gesicht des Alten. *Ach, mein Mark!* Er suchte das Foto seines Enkels an der Wand. Ihm wurde warm ums Herz, wenn er das Bild sah. Er war ein guter Junge. Und es blieb ihnen nicht mehr viel gemeinsame Zeit. Wie alt bin ich denn eigentlich genau, fragte sich Fibinger in Gedanken. Tränen sammelten sich in seinen blassen Augen. Sofort griff seine zitternde Hand nach dem großen Stofftaschentuch, das ihm aus der weiten Hosentasche hing. Fahrig wischte er sich die Tränen von den Wangen.

„Warum immer gleich flennen?", entfuhr es dem Alten. Die stoppeligen Hautlappen unter seinem Kinn bebten vor

Erregung. Wütend stopfte er das Taschentuch wieder in die Tasche.

Er bekam nicht mit, dass ein dunkel gekleideter Mann an der östlichen Seite seines Hauses entlang schlich und vorsichtig einen Blick durch das Seitenfenster warf. Er war in etwa einen Meter fünfundachtzig groß und von schlanker Statur. Sein Gesicht verbarg er hinter einer großen Sonnenbrille und einem dunklen Schal. Die schwarze Wollmütze hatte er sich tief in die Stirn gezogen.

„Da bist du ja", murmelte der unheimliche Besucher und ging weiter bis zur Terrassentür. Er wusste, dass sie nur angelehnt war. Seine behandschuhte Hand wanderte vorsichtig an dem Türrahmen entlang und drückte sie völlig lautlos auf. Er hob ein Bein an und setzte den ersten Fuß behutsam auf den Teppich. Während er den zweiten Fuß nachzog, griff er nach hinten an seinen Hosenbund. Dort steckte die Heckler & Koch. Er zog sie heraus. *Sie lag verdammt gut in der Hand ...*

Langsam schlich er sich von hinten an den ahnungslosen Opa Fibinger heran, der immer noch wie gebannt auf das Foto an der Wand starrte. Der Eindringling wusste, dass es sich um den Enkel handelte, einen Polizeischüler. Er hatte die beiden lange genug ausgespäht. Der junge Mann war neben der ambulanten Pflege und dem Postboten Fibingers einziger sozialer Kontakt. Es erfüllte ihn mit Genugtuung zu sehen, dass der Alte ein einsames Leben führte. Aber auch das würde er ihm jetzt leider entreißen müssen. *Es half ja nichts ...*

Doch in dem Moment, in dem er die Pistole entsicherte, vernahm er ein Geräusch. Jemand hatte das Haus betreten.

***

Stumm liefen sie nebeneinander her. Das Auto hatte sie am Bahnhof geparkt, um noch ein wenig Zeit mit ihr zu haben. Doch Marija hüllte sich in Schweigen. Sie blieb wie immer unberechenbar. Vielleicht bereitete sie sich auch innerlich auf das Treffen mit ihrem neuen Freund vor. Während sie die Hauptstraße entlang liefen, erinnerte Westphal sich an das Gespräch mit Fibinger, der ihr von seinem Großvater und dessen seltsamen Visionen erzählt hatte. Die Pflege des dementen Mannes würde sehr viel Zeit in Anspruch nehmen, weshalb er sich Sorgen machte, dass seine Polizeiausbildung leiden könnte, hatte der Polizeischüler ihr erklärt. Daraufhin hatte sie ihm zugesagt, dass sie mit der Ausbildungsleitung über eine eventuelle Beurlaubung sprechen würde.

Unterdessen waren Mutter und Tochter an dem Einfamilienhaus Am Alten Kreidebruch angelangt. Westphal schaute abwechselnd auf das Klingelschild und in das Gesicht ihrer Tochter, das jetzt endlich einen Anflug von Vorfreude zeigte.

„Da ist einer am Fenster“, sagte Marija und grinste vergnügt.

Aus dem Hausinneren ertönte eine Stimme. Jemand öffnete die Tür. Vor ihnen stand ein attraktiver Mann mit dunklem Haar. Mitte Vierzig, in etwa Westphals Alter.

„Moin, Frau Westphal! Moin, Marija!“

„Moin, Herr Bertel!“

„Kommen Sie doch kurz herein!“, forderte sie Bertel auf. „Wir ziehen uns schnell noch an. Dann kann es losgehen.“

Bertel und Westphal hatten verabredet, dass sie gemeinsam zum Hafen spazieren wollten. Das erste Treffen sollte an der frischen Luft stattfinden. Das wäre ungezwungener.

„Und wo ist Kai?“, fragte Marija laut.

„Da kommt er“, sagte Bertel betont leise und blickte zu der unbeleuchteten Treppe, die vom Korridor zum Obergeschoss führte. Langsam tauchte aus dem Dunkel ein Beinpaar auf. Schweigend verfolgten die drei, wie Kai die Treppe herabstieg. Der schlanke, junge Mann hatte im Gegensatz zu seinem Vater blondes Haar. Auf dem bleichen Gesicht zeigte sich keinerlei Regung. Der Autist wirkte verwirrt.

„Moin!“ Westphal grüßte trotzdem. Doch Kai ignorierte sie und ging wie ferngesteuert auf die Garderobe zu, nahm seine Jacke vom Haken und streifte sie sich so umständlich über, dass Westphal ihm am liebsten hineingeholfen hätte.

„Na dann!“, sagte Bertel und öffnete die Haustür.

Bedächtig trat die Gesellschaft vor das Haus. Bertel blickte immer wieder zu Kai und Westphal wurde den Eindruck nicht los, dass der Vater sich etwas zu viele Sorgen um seinen Sohn machte. Anschließend gingen sie die Hauptstraße entlang bis zum Rügenplatz, an dem das Rügen-Hotel thronte. Ein erhabener Klotz. Irgendwie unansehnlich, aber doch mit Charme, fand Westphal. Sie hatte vor einigen Jahren einmal eine Nacht dort verbracht und durchaus gute Erinnerungen an das Zimmer mit Meerblick bewahrt. Direkt vor dem Hotel stellte Bertel ihr plötzlich eine Frage. „Haben Sie von dem toten Rentner gehört?“

„Ja.“

„Die ganze Stadt spricht davon. Ich nehme an, Sie wussten, dass er mal Lehrer an unserer Schule war.“

„Kannten Sie Herrn Brodersen persönlich?“

„Nur vom Sehen her. Als Lehrer habe ich ihn nicht mehr kennengelernt“, antwortete Bertel. „Aber ich kenne Frau Brodersen ganz gut. Die hatte mal einen kleinen Laden in der Hauptstraße. Wenn wir uns sehen, schnacken wir manchmal. Viele Sassnitzer kennen sie.“

Unterdessen waren sie an der kaum wahrnehmbaren Lenin-Büste vorbeigekommen, die am äußersten Rand des Rügenplatzes stand. Mit einem Seitenblick versicherte sich Westphal, dass sich die Skulptur noch immer an ihrem angestammten Platz befand. Wie viele mochte es wohl davon noch in Ostdeutschland geben?

Marija und Kai liefen wortlos nebeneinander her. Auch sie sahen kurz zu der steinernen Figur hinüber. Westphal spürte, dass die beiden jungen Erwachsenen auf eine besondere Art und Weise zueinander in Kontakt standen. Das arrangierte Treffen schienen sie als ganz natürlich hinzunehmen. Es funktionierte also.

„Und was wissen Sie über die Eheleute Brodersen?“, fragte Westphal Bertel im Plauderton, als sie die Hängebrücke betraten und sich der Blick über den Hafen auftat.

„Also, alles, was ich weiß, ist, dass Frau Brodersen nicht sehr glücklich in der Ehe war“, gab Bertel zurück.

„Ach, ja? Warum denn?“

„Brodersen war ein Trinker“, entgegnete Bertel. „Schon immer. Bis zu seiner Pensionierung konnte er es jedoch ganz gut verstecken. Danach hat er die Kontrolle verloren. Das konnte jeder sehen.“

„Ist also vielleicht doch vom Boot gefallen“, murmelte Westphal.

„Kann sein“, gab Bertel zurück. „Fest steht, dass er nicht sonderlich beliebt war …“

Dieses Detail brachte Westphal ins Grübeln. Gleichzeitig begriff sie, dass sie mit dem Fall infiziert worden war.

Sie wollte herausfinden, was hinter dem rätselhaften Tod des alten Brodersen steckte …

***

„Entschuldigen Sie die Störung, Frau Westphal“, ertönte die Stimme des Kommissars aus dem Smartphone. „Herr Kaehr meinte, ich solle mich heute noch bei Ihnen melden.“

„Moin, Herr Jung!“, entgegnete sie. „Freut mich, mal wieder von Ihnen zu hören.“

„Sie wissen ja bereits, worum es geht …“, sagte der Kommissar.

„Um den Brodersen-Fall, nicht wahr?“, antwortete Westphal. „Kaehr möchte, dass ich Ihnen ein wenig zur Hand gehe.“

„Wir wissen das wirklich sehr zu schätzen“, befand Jung. „Denn wir tappen noch völlig im Dunkeln. Zumal das Boot noch verschwunden ist …“

„Hat die Obduktion etwas zu Tage gefördert?“

„Herr Doktor Behner hat ein sogenanntes diffuses Hirnödem festgestellt.“

„Und was hat das zu bedeuten? Schlaganfall?“, wollte Westphal wissen.

„Nein, eher nicht“, erwiderte Jung. „Angeblich kann es aber viele Ursachen haben: Hämatom am Kopf, Tumor, Thrombose, Stromschlag, Verdursten, toxischer Schock, Infekt oder Alkoholmissbrauch.“

„Ich bin beeindruckt“, sagte Westphal. „Haben Sie sich das alles gemerkt?“

„Nein, ich habe mich natürlich auf das Gespräch mit Ihnen vorbereitet. Vor mir liegt ein Zettel.“

„Na dann, fahren Sie fort!“, forderte Westphal den Kommissar auf.

„Also, Herr Doktor Behner hat keine äußeren Anzeichen von Gewalteinwirkung feststellen können“, gab Jung zurück. „Außerdem konnte er weder einen Tumor noch eine Thrombose ausmachen.“

„Das heißt, es kommt jetzt tatsächlich auf die Laboruntersuchung an?“, fragte Westphal.

„Genau. Mageninhalt, Blut und so weiter. Die Ergebnisse erhalten wir in zwei Tagen. Obwohl bereits einiges darauf hinweist, dass Brodersen Alkoholiker war.“

„Das habe ich auch gehört“, bekräftigte Westphal.

„Ach ja?“

„Die Brodersens scheinen im Ort bekannt zu sein“, sagte Westphal. „Habe mit ein paar Einheimischen gesprochen, die recht gut über das Paar unterrichtet waren.“

„Und?“

„Hermann Brodersen hatte es sich so ziemlich mit jedem in Sassnitz verscherzt“, erwiderte Westphal. „Die letzte, mit der er es sich verdarb, das war seine Frau. Die soll ihn vor ein paar Jahren aus dem gemeinsamen Haus geworfen haben, nachdem er es im Vollsuff um ein Haar abgefackelt hatte.“

„Und wo lebte er?“

„Auf dem Grundstück hinter dem Haus …“, entgegnete sie.

Klang das nicht seltsam?

***

Westphal hatte eine Freistunde. Gedankenverloren war sie vor einem Fenster im Flur stehengeblieben und hatte ihren Blick über die spätherbstliche Szenerie gleiten lassen. Es war neblig und die Kastanienkronen, die über dem Ostflügel emporragten, waren nur noch als graues Geflecht zu erkennen. Nach einer Weile fielen der Dozentin einige Personen auf, die sich vor dem Gebäude aufhielten. Es handelte sich um Auszubildende der Laufbahngruppe 1, allesamt zukünftige Polizeimeister der Landespolizei Mecklenburg-Vorpommern. Mark Fibinger war auch unter ihnen. Sie konnte ihn an seiner giftgrünen Jacke erkennen. Wieso standen die Schüler dort während der Unterrichtszeit auf dem Hof?

Westphal ging langsam an der Fensterreihe entlang, ohne dabei den Blick von der kleinen Gruppe abzuwenden, die offensichtlich zweigeteilt war. Auf der einen Seite stand Mark Fibinger. Auf der anderen schienen sich mehrere Männer um einen weiteren Schüler aus dem ersten Semester zu scharen. Sein Name war Tjark Seefeldt.

Ihr Handy vibrierte. *Schon wieder Kommissar Jung?*

„Moin! Jung hier."

„Hallo, Herr Jung. Wie geht es Ihnen?"

„Ganz gut. Das Boot vom Brodersen ist gefunden worden. Liegt am alten Fährterminal von Sassnitz."

„Das ist ja hervorragend. Und was haben Sie darauf gefunden?"

„Noch gar nichts. Bin gerade auf dem Revier in Bergen und warte auf Doktor Behner. Wir fahren dann zusammen. Die Spurensicherung ist aber schon dort", erwiderte Jung. „Wollte Sie fragen, ob Sie nicht vielleicht …"

„Ja?"

„ … mitkommen wollen?", fragte Jung weiter.

Westphal hatte noch eine Stunde zu geben, dann stünde sie zur Verfügung. Aber die Aussicht, mit Behner einen Tatort zu besuchen, fand sie nicht gerade verlockend. Die menschliche Enttäuschung über diesen Mann saß einfach zu tief. „Tut mir leid, Herr Jung. Ich muss Ihnen diesmal absagen. Habe Dienst an der Schule. Aber wenn Sie mögen, dann können Sie mich ja hinterher anrufen."

„Ich dachte nur, weil der Herr Kaehr ja auch gesagt hatte ..."

„Korrekt, Herr Jung", unterbrach ihn Westphal. Kommissar Jung musste ahnen, dass etwas nicht stimmte. Er war ein schlaues Kerlchen. „Aber es geht wirklich nicht."

„Ich werde Sie anrufen, sobald ich Neuigkeiten habe."

„Tun Sie das, Herr Jung."

Westphal hatte während des Gespräches nicht eine Sekunde ihre Augen von den vier Männern auf dem Hof abgewandt. Ihr war klar geworden, dass dort ein Streitgespräch stattfand. Sie lief weiter an der Fensterfront entlang. Am Ende des Flures begab sie sich ins Erdgeschoss. Von dort aus konnte sie sehen, dass es keine gewöhnliche Diskussion war. Auf Fibingers Gesicht lag Anspannung. Tjark Seefeldt grinste fortwährend gehässig. Seine Mundwinkel waren nach unten gezogen und sein eindringlicher Blick war fest auf Fibinger gerichtet. Westphal klappte vorsichtig das Fenster auf.

„Schwuchtel ...", ertönte es von draußen herein. Nicht gerufen, aber deutlich hörbar. Sie spitzte die Ohren, aber der Rest war nur noch unverständliches Gemurmel. Hatte sie richtig gehört? Hatte Seefeldt Fibinger gerade beschimpft. War es ernst gemeint gewesen?

Dann sah sie, wie Fibinger Seefeldt einen Gegenstand übergab.

***

Westphal stand vor der Klasse. Sie versuchte einen Bezug zur letzten Stunde herzustellen, in der sie das Thema ‚Polizei und Moral' mit den Polizeiaspiranten besprochen hatte.

„Ist ein lügender Polizist menschlich?", fragte sie die Lerngruppe. Die Hände der üblichen drei Schüler gingen nach oben. Unter ihnen Fibinger. „Oder verwerflich?"

„Es kommt darauf an, was man unter *lügen* versteht", rief jemand dazwischen.

„Erklären Sie uns bitte, wie Sie das meinen", gab Westphal zurück.

„Na, wenn man was Falsches sagt, dann lügt man", sagte ein anderer Schüler unaufgefordert. Es war Tjark Seefeldt. „Ist doch klar. Passiert doch oft heutzutage. Man muss nur den Fernseher einschalten."

„Ist das wirklich so klar?", wollte Westphal wissen. Das Gespräch nahm einen Lauf, den sie nicht beabsichtigt hatte.

„Wenn man etwas verschweigt, dann würde ich das auch als Lüge ansehen", rief wieder ein anderer Schüler.

„Unterlassen Sie die Zwischenrufe und melden sich bitte!", wies Westphal ihn zurecht und zeigte auf Fibinger. Sie hoffte, dass seine Antwort intelligenter ausfallen würde.

„Ich würde nicht sagen, dass man automatisch lügt, wenn man die Unwahrheit sagt. Man kann sich ja irren", erklärte Fibinger. Seefeldt warf ihm einen mürrischen Blick zu. „Die Täuschungsabsicht muss gegeben sein."

„Wie meinen Sie das?", hakte Westphal nach, die ahnte, dass noch nicht alle die Antwort verstanden hatten. Vielleicht auch, weil sie nicht zugehört hatten.

„Ich würde nur dann von *Lüge* sprechen, wenn zwei Dinge zusammenkommen: Wenn jemand die Unwahrheit sagt und gleichzeitig die Absicht verfolgt, jemand anderes zu täuschen."

„Sehr gut", entgegnete Westphal. „Und wie ist es jetzt? Darf ein Polizist lügen?"

Westphal fand es interessant, dass die Schüler nicht darauf kamen, zwischen Dienst und Privatleben zu unterscheiden. Überhaupt schienen sie die gesamte Fragestellung für überflüssig zu halten. Höchstwahrscheinlich war Westphal das Thema falsch angegangen. Sie würde wohl noch ein wenig an ihren didaktischen Qualitäten feilen müssen ... Dann meldete sich eine der Schülerinnen.

„Wenn es noch eine andere Intention gibt, dann vielleicht nicht", sagte die junge Frau.

„Welche andere Intention meinen Sie?", entgegnete Westphal

„Ganz schön philosophisch heute", maulte Seefeldt laut. Westphal tat so, als hätte sie ihn nicht gehört.

„Ich weiß nicht", gab die Schülerin zurück und zuckte mit den Schultern. Fibinger meldete sich. Westphal nickte ihm zu.

„Wenn man jemanden täuscht, um ihm zu schaden, dann ist es vielleicht nicht in Ordnung. Aber grundsätzlich entscheidet natürlich das Strafgesetzbuch", erklärte er.

„Was ist, wenn ein Vorgesetzter von Ihnen verlangt, dass Sie lügen sollen?", fragte Westphal.

„Auch dann kommt es darauf an ...", sagte Fibinger. „Wenn ich jemandem damit schade, dann tue ich es nicht."

„Hängt von dem Vorgesetzten ab", rief ein anderer in den Raum hinein und kicherte laut. Westphal fragte sich, was so lustig daran gewesen sein sollte.

„Wozu müssen wir das lernen, Frau Westphal?“, fragte Seefeldt wieder dazwischen. „Wir wollen doch Polizisten werden und keine Philosophen.“

„Der Staat möchte, dass Sie sich mit ethischen Fragen auseinandergesetzt haben, bevor Sie in den Dienst gehen.“

„Aber man könnte natürlich fragen, was für eine Ethik das sein soll.“

„Eine gute Maxime wäre immer noch die von Immanuel Kant: Behandle die anderen Menschen so, wie du selbst auch behandelt werden möchtest“, gab die verwirrte Westphal zurück. Sie hatte nicht mit der Bemerkung des Schülers gerechnet.

„Und wenn ich eine Persönlichkeitsstörung habe und möchte, dass man mich schlecht behandelt?“, fragte Seefeldt zurück und sah die Dozentin herausfordernd an.

„Das sind Spitzfindigkeiten, Herr Seefeldt“, sagte Westphal. „Im Übrigen sollten Sie sehr wohl wissen, wie man sich gegenüber anderen Menschen zu verhalten hat. Ich denke, das ist eine der Grundvoraussetzungen dafür, dass Sie überhaupt hier sind …“

***

Behner und Jung standen am alten Sassnitzer Fährterminal. Es war Ende der neunziger Jahre geschlossen worden, als man den Fährverkehr in den neu ausgebauten Fährhafen Mukran verlegt hatte. Seitdem verfielen die Anlagen zusehends. Das Museum, das es dort zwischenzeitlich gegeben hatte, hatte den Prozess nicht aufhalten können. Mit dem Tod seines Besitzers vor zwei Jahren war es geschlossen worden. Ebenso wenig vermochten die Hochzeiten und Jugendweihen, die dort während der

Saison veranstaltet wurden, den Verfall zu stoppen. Farbe blätterte ab, Rost breitete sich aus, Müll und Ungeziefer sammelte sich an. Es sah von Jahr zu Jahr mehr nach jenen verlassenen Unorten aus, die es hundertfach im ganzen Bundesland gab. Zeugnisse einer untergegangenen Gesellschaft.

„Wie ist das Boot denn dahin gekommen?“, fragte Behner den Kommissar.

„Es soll an der linken Seite gefunden worden sein. Die Leute vom U-Boot-Museum haben es zuerst gesehen“, gab Jung zurück und blickte zwischen die Stelen hindurch auf den ruinösen Unterbau des Fährhafens. Die Kollegen von der Spurensicherung hatten den Bereich weiträumig abgesperrt. Vereinsamt stand ein Bus der Schutzpolizei vor den rotweißen Betonklötzen, die verhindern sollten, dass Autos den Bereich befuhren.

„Es muss wohl vom Westen her angetrieben worden sein“, mutmaßte Behner. „Seltsam, dass keiner das Boot früher entdeckt hat.“

„Im Dezember?“, erwiderte Jung. „Wer soll das schon mitbekommen. Ist doch nichts los.“

„Die Fähren fahren immer“, widersprach Behner. „Außer, wenn die Ostsee vereist ist.“

„Was alle zehn Jahre mal vorkommt.“

„Ach, sagen Sie das nicht. Früher passierte das einmal pro Winter.“

Langsam gingen die beiden Männer zur Anlegestelle. Dort lag das kleine Boot.

„Frage mich, wie sie es geborgen haben“, bemerkte Behner.

„Vom Wasser aus. Die Fischereiaufsicht hat einen Kran an Bord“, entgegnete Jung und zeigte auf ein Schiff am anderen Ende des Hafens.

„Aber wieso haben sie es nicht woanders hingeschleppt? Warum ausgerechnet hier?“, fragte Behner und blickte auf ein kleines, graues Trafohäuschen, aus dem das Gras herauswucherte.

„Das muss wohl der diensthabende Kollege der Wasserschutzpolizei so entschieden haben“, antwortete Jung.

„Und, haben Sie Frau Westphal Bescheid gegeben?“, fragte Behner.

„War verhindert.“

„Sie hätten ihr nicht sagen sollen, dass ich dabei bin.“

„Ja?“, entgegnete Jung. „Wieso denn das?“

„Ich denke, das sollten Sie sie selbst mal fragen“, erwiderte Behner. „Sie hat etwas antiquierte Moralvorstellungen. Das ist alles.“

Jung musste schlucken. Er war peinlich berührt und zugleich neugierig geworden. Aber im Moment gab es Wichtigeres. Vor ihnen lag der kleine Kutter Brodersens. Die rote Farbe am Rumpf war bereits abgeblättert. Auch das Bootsinnere hatte schon bessere Tage gesehen. Die winzige Kabine stand offen. Eines der Fenster war zerschlagen. Scherben lagen herum.

„War er damit auch fischen?“, fragte Behner.

„Sieht so aus.“ Auf dem Boot gab es Netze und eine gelbe Fischkiste. Auf ihr stand *Kolobrzeg*. „Was ist das?“

Behner beugte sich vor und spähte in die Richtung, die ihm Jung gewiesen hatte. „Sieht aus wie Erbrochenes.“

Während der Forensiker ein durchsichtiges Plastikröhrchen aus seiner Tasche beförderte, um der Substanz im Boot eine Probe zu entnehmen, näherte sich ein Schutzpolizist. Jung dreht sich zu ihm um.

„Moin, Herr Jung!“, sagte der Polizeiobermeister.

„Moin, Herr Kienast!“, erwiderte Jung den Gruß. „Haben Sie etwas für uns?“

„Die Spurensicherung hat eine Flasche Schnaps sichergestellt. Ich tippe auf Walnuss, selbst angesetzt. Der Brodersen hatte einen Walnussbaum auf seinem Grundstück."

„Ich hoffe, Sie haben es nicht probiert", scherzte Behner, der den Uniformierten bereits kannte.

„Nein, danke. So nötig habe ich es auch nicht. Roch aber eigentlich ganz gut. Bisschen zu stark für meinen Geschmack. Stehe nicht so auf Magenbitter."

„Gibt es eine Probe von dem Zeug?", fragte Behner, der gerade dabei war, mit einem winzigen Löffel ein wenig von dem gelblichen Schleim in sein Röhrchen zu befördern.

„Hat die Spurensicherung schon ins Labor geschickt", gab der Polizeiobermeister zurück.

„Sehen Sie das auch?", fragte Jung den Forensiker plötzlich.

Er hatte etwas im Bootsinneren entdeckt.

***

„Opa!", rief Mark laut, als er im Korridor stand und sich die Schuhe abstreifte. Es kam keine Antwort. Wahrscheinlich ist er eingenickt, dachte er und ging ins Wohnzimmer. Dort saß der Großvater in dem Pflegesessel, den Mark Fibinger nach einem monatelangen Streit von der Krankenkasse erstattet bekommen hatte. Er hatte nicht mitbekommen, wie der ungebetene Gast sich die Pistole in die Hose gesteckt und das Haus durch die Terrassentür wieder verlassen hatte.

„Opa?", wiederholte der Enkel, als er direkt neben dem alten Mann stand. Doch es kam keine Antwort. Er trat vor den Sessel und sah, dass sein Großvater schlief. Langsam hob und senkte sich seine Brust. Plötzlich riss er die Augen auf.

„Nein!"

„Was ist?", rief Mark zurück.

„Ein Fehler!", stöhnte der Alte und blickte verwirrt um sich.

„Was für ein Fehler? Was denn, Opa?", fragte Mark. „Hast du was geträumt?"

„Böser Fehler", brummte der Großvater, ohne seinen Enkel anzusehen.

„Worum geht es? Was für ein Fehler?"

„Jetzt kommen die Ameisen."

„Welche Ameisen?"

„Sie sind überall."

„Was denn? Hier im Haus? Im Winter?"

Der Großvater zog sein Gesicht zusammen, als ob er einen Schmerz verspüren würde. Dann rieb er seine Hände heftig aneinander. „Scheiße! Das kribbelt ja richtig!"

„Was kribbelt denn nun?"

Plötzlich hob Opa Fibinger seinen Kopf und schaute seinem Enkel direkt in die Augen. In seinem Blick lag eine erschreckende Klarheit. „Das ist die Strafe für die Einsamkeit. Wer allein ist, verblödet. Merk dir das, mein Junge!"

„Alles klar, Opa!" Mark Fibinger war erleichtert. Der Großvater schien langsam wieder in die Realität zurückzukehren. Den Spruch von der Einsamkeit und der Verblödung hatte er schon öfters von sich gegeben. „Ich mach dann mal was zu futtern."

„Futtern ist gut", gab der alte Fibinger zurück und sah auf seine Armbanduhr. „Ist fast sechs Uhr."

„Du hast noch einen Rest von der geräucherten Makrele", rief Mark aus der Küche. „Wie viele Scheiben Brot willst du denn? Zwei wie immer?"

„Ja, mach mal zwei“, gab der Opa zurück und starrte angestrengt durch die Terrassentür hinaus in die Dunkelheit. Er zwinkerte mehrfach. Dann bewegten sich seine Augäpfel ruckartig, als ob sie draußen im Garten etwas erspäht hätten. Opa Fibinger griff nach der kleinen, weißen Fernbedienung für den Lichtschalter und schaltete das Licht komplett aus. „Zeig dich, du Dreckskerl!“

„Was hast du gesagt?“, fragte der Enkel, der mit einem Teller das Zimmer betrat. „Wieso hast du das Licht ausgemacht, Opa?“

Ohne eine Antwort abzuwarten, ertastete er den Lichtschalter und knipste das Licht wieder an.

„Es kribbelt wieder“, gab der Alte nur zurück und rieb sich die Hände.

„Alles gut, Opa“, beruhigte der Polizeischüler seinen Großvater und stellte den Teller mit dem Mischbrot und dem Räucherfisch auf den Tisch neben dem Sessel. „Ich bringe dir noch deinen Hagebuttentee.“

Sobald Mark Fibinger in der Küche verschwunden war, griff der Alte wieder nach der Fernbedienung, um das Licht auszuschalten. Er begann, die Terrasse abzusuchen. Sein Blick wanderte von Gartenstuhl zu Gartenstuhl und von Strauch zu Strauch. Doch die Umrisse verschwammen. Draußen spukten nur die grauen Geister der Dämmerung. Mehr nicht. Opa Fibinger seufzte.

„Was suchst du denn?“, rief der Enkel, als er mit dem Tee zurückkam. „Ist da draußen was?“

„Mmh …“, brummte der Opa nur und streckte seine zitternde, gelbe Hand nach dem Brot aus.

Mark ging zur Terrassentür, griff beherzt nach dem Türhebel und zog die Tür auf. Kalte, feuchte Seeluft strömte ins Zimmer. Er hatte nicht bemerkt, dass die Tür beim

Öffnen leicht gehakt hatte. Auch achtete er nicht auf die Kratzer, die sich außen am Türrahmen befanden.

Kapitel 4

„Wird langsam Zeit, dass der kleine Schnüffler sich langsam aus dem Staub macht. Ab jetzt gehört das Haus mir“, murmelte er.

Sein verhülltes Gesicht fiel kaum auf neben der schwarzen Borke der Kiefer, an die er sich presste, um nicht gesehen zu werden. Die Augen hatte er zu schmalen Schlitzen zusammengekniffen. Aufmerksam hatte er die letzten anderthalb Stunden jede Regung im Haus des alten Fibingers verfolgt. Von der Ankunft des Enkels über das spärliche Abendessen bis zu seiner Abfahrt. Durch das frei einsehbare Terrassenfenster hatte er die beiden in aller Ruhe beobachten können. Jetzt blickte er am Haus vorbei, hin zur Straße. Noch waren die Rückleuchten von Mark Fibingers Wagen zu sehen.

„Wenn das Auto verschwunden ist, warte ich noch zehn Minuten. Keine Sekunde länger. Dann komme ich endlich zu dir, Heinrich Fibinger.“

Langsam ertastete er mit der rechten Hand die unverwechselbaren Umrisse der Waffe, von der er wusste, dass sie geladen war. Er blickte an sich hinab und sah, dass sich seine Stiefel vom langen Stehen tief in den weichen Boden gedrückt hatten. Er mochte diese Boots, aber er hatte von Anfang an gewusst, dass er sie nur für ein paar Stunden tragen würde. Es kostete ihn Mühe, gute Schuhe in seiner Größe zu finden. Dieses Modell hatte ihm überraschenderweise sehr gut gefallen. Nur würde er das Schuhwerk nach dieser Unternehmung leider entsorgen müssen, genauso wie sämtliche andere Kleidung, die er am Leib hatte.

Er hob den Kopf und spähte in die Ferne. Mark Fibinger war jetzt lange genug verschwunden. Zehn Minuten waren verstrichen. Der Opa saß immer noch in seinem Sessel und starrte an die Decke.

„Ich erlöse dich gleich von deiner Qual, alter Mann."

Langsam löste sich sein schwarzer Körper von der Kiefer. Er lauschte für einige Augenblicke in die mondlose Nacht hinein. Aber da war nichts. Die nächsten Nachbarn wohnten mehrere hundert Meter entfernt. Dann trat er auf den Rasen. Er war noch grün und leuchtete dort, wo das Licht aus dem Fenster auf ihn fiel. In wenigen Sätzen war der Eindringling auf der Terrasse angelangt. Plötzlich ertönte ein blechernes Geräusch.

„Sch … !", zischte der Mann und drückte sich sofort an die Hauswand. Dann sah er, wie ein schwanzloser Kater mit zerrissenen Ohren über die Wiese stolzierte. „Ach, du warst das. Dann schau mal lieber weg, kleiner Kumpel. Hier fliegen nämlich gleich die Funken."

Einen Schritt später stand er vor der Terrassentür. Umständlich zog er die Waffe aus der Hosentasche und nahm sie in die linke Hand. In der rechten hielt er einen Nothammer. Mark Fibinger hatte die Tür heute ordentlich verriegelt. Ausgerechnet heute. Aber das sollte ihn nicht mehr stören. Ein Schlag genügte und das Glas zersplitterte. Die behandschuhte Rechte griff durch das entstandene Loch und legte den Türgriff um. Oft genug hatte er diese Situation in seinem Kopf durchgespielt.

„Da bist du!", schrie Heinrich Fibinger.

Der Alte hatte sich herumgedreht und starrte den Eindringling mit großen Augen an. Von dessen Schuhen krümelte feuchte Erde auf die graue Auslegware. Erstaunlich geistesgegenwärtig tastete Fibinger nach dem Handy, das auf dem Beistelltisch lag. Doch seine Finger waren zu ungelenk, seine Bewegungen zu fahrig. Das Ding rutschte ihm immer wieder aus der Hand. Es war aussichtslos. Und der alte Fibinger wusste das. Er fluchte. „Scheiß Ding!“

Der Mann, in dessen stiller Hand die Heckler & Koch ruhte, beobachtete das Schauspiel eine ganze Weile und grinste dabei vergnügt. Armer Greis, nicht einmal mehr dazu bist du imstande … Trotzdem würde das Handy der Pistole immer unterlegen sein. Das war Gesetz, dachte der Bewaffnete. Er hatte es sich nicht ausgesucht, aber so war es nun einmal. Kommunikation war mächtig, aber eine Kugel entfaltete ihre Wirkung einfach schneller. Viel schneller. Er entsicherte die Hecker & Koch, nahm sie in die rechte Hand und starrte auf den Alten, der immer noch versuchte, das spiegelglatte Gerät unter seine Gewalt zu bekommen. Sein Enkel hatte ihm das Handy vor etwa einem Jahr besorgt. Damals war dem alten Fibinger die Bedienung noch leicht gefallen.

„Es reicht!“, sagte der Pistolenmann plötzlich und schaute dem alten Mann direkt in die verzweifelt dreinblickenden Augen. Gerne hätte er sich die Szene noch eine Weile lang amüsiert angesehen, aber das erlaubte sein Zeitplan nicht. Es gab noch viel zu tun.

Er drückte ab.

Kapitel 5

Westphal stand vor der Lerngruppe und fragte sich, wo Mark Fibinger blieb. Unentschuldigtes Fehlen war eigentlich ein Unding an der Polizeischule. Es gab zwar immer wieder einzelne Schüler, die unangekündigt wegblieben und die ärztliche Bescheinigung im Laufe des Tages oder sogar erst am Folgetag nachreichten, doch von Mark Fibinger hätte sie eine rechtzeitige Krankmeldung erwartet. Steckte das vermeintliche Mobbing von neulich dahinter? Westphal war deswegen nicht zum Schulleiter gegangen. Sie wollte zunächst mit dem jungen Mann selbst über die Sache sprechen. Möglicherweise hing das Fehlen ja mit seinem pflegebedürftigen Großvater zusammen.

Am Ende der Stunde sah sie, dass Kommissar Jung versucht hatte, sie zu erreichen. Nachdem alle Schüler den Seminarraum verlassen hatten, rief sie den Kollegen zurück.

„Moin, Frau Kriminalrätin!"

„A.D.", gab Westphal zurück. „Was gibt es, Herr Kollege Jung?"

„Wollte mich mal erkundigen, ob es Neuigkeiten aus dem Kollegium gibt."

„Natürlich kommen jetzt aus jeder Ecke irgendwelche alten Geschichten zu Brodersen. Die Frage ist, ob Ihnen das weiterhilft."

„Was meinen Sie?"

„Alkohol, Ehekrise, Streit mit dem Sohn Max Brodersen und vor zwei Jahren ein versuchter Suizid", gab Westphal zurück, die sich in den letzten beiden Tagen ein wenig bei den älteren Kollegen umgehört hatte. „Und was haben Sie bei der Tatortbegehung herausgefunden?“

„Auf dem Kutter?“, fragte Jung zurück. „Jede Menge Erbrochenes und … genau drei Tropfen Blut.“

„Und passt das zu den Obduktionsergebnissen?“, wollte Westphal wissen.

„Das Blut stammt von einem unbedeutenden Schnitt, den Brodersen sich an der Hand zugezogen hat. Leider. Dachte erst, es würde mehr dahinter stecken. Bis Behner mich aufgeklärt hat.“

„Und das Erbrochene?“

„Scheint die von Behner favorisierte Version zu bestätigen. Demnach ist das Hirnödem auf übermäßigen Alkoholkonsum zurückzuführen. Dazu würde auch die Entdeckung der Kollegen von der Kriminaltechnik passen.“

„Was meinen Sie?“

„Die haben so ein seltsames Eigengebräu gefunden. Angeblich handelt es sich um selbst angesetzten Walnussschnaps. Vermutlich derselbe, den die Kollegen kurz darauf auf dem Grundstück der Brodersens sichergestellt haben“, erklärte Jung. „Die Analyse mehrerer Flaschen soll heute noch abgeschlossen werden. Dann haben wir mehr Klarheit.“

„Ist vielleicht also alles ganz harmlos“, entgegnete Westphal. „Der arme Mann hat sich womöglich einfach totgesoffen …“

„Frau Westphal, ich bekomme gerade einen Anruf von Hauptkommissar Schleichert herein“, unterbrach Jung sie. „Kann ich Sie gleich noch mal zurückrufen?“

„Alles klar.“ Westphal legte auf und sah noch eine Weile auf ihr Display.

Sie hatte eine Nachricht von Bertel erhalten. Dessen Sohn Kai hatte sich wohl mehrfach nach Marija erkundigt.

Westphal lächelte. Auch Marija hatte sich wohlwollend über den jungen Mann geäußert. Da bahnte sich was an ... Westphal musste schmunzeln. Würde sich Marija etwa verlieben?

Dann rief Jung wieder an.

„Ging ja schnell", meldete sich Westphal.

„Das können Sie laut sagen", antwortete Jung aufgeregt. „Die nächste Leiche ist aufgetaucht. Und eines kann ich Ihnen schon verraten ... Es besteht wieder eine Verbindung zur Fachhochschule."

***

Jung stand in dem Haus in Brandshagen und machte sich Notizen: *Mordserie? ... Männliches Opfer im Rentenalter ... Einbruch? ... Verbindung zu Brodersen?*

„Kommissar Jung?", unterbrach ihn ein Kollege der Spurensicherung. „Hier entlang."

Die beiden gingen gemeinsam vom Korridor des Hauses in das Wohnzimmer, wo der alte Fibinger immer noch in seinem Pflegesessel saß. Wenn man den Körper unterhalb des Halses betrachtete und das ganze Blut ignorierte, das bereits tief in die Lehne des wuchtigen Sitzmöbels eingezogen war, dann hätte man wohl einfach nur einen friedlich schlummernden Mann wahrgenommen. Ließ man aber den Blick nach oben wandern, dann sah man, dass auf der Hinterseite des nach vorne gekippten Kopfes ein golfballgroßes Loch klaffte. Das dort ausgetretene Blut hatte den Rücken des Rentners rot eingefärbt. An der braunen Rückenlehne nahm es sich eher violett aus. Deutlich war die Stelle zu erkennen, an der das tödliche Geschoss in den Sessel eingedrungen war. Rund um diese Einschlagstelle zeichneten sich kleine Erhebungen in beige und weinrot ab.

Der Forensiker Sandro Behner würde später feststellen, dass es sich um den fast vollständig zerkleinerten Okzipitallappen Fibingers handelte. Gemeinsam mit einer Rostocker Kriminaltechnikerin und mit Hilfe einer computeranimierten ballistischen Skizze würde er daraus ableiten, dass der Angreifer etwa einen Meter fünfundachtzig groß gewesen sein musste und ziemlich exakt einen Meter vor Fibinger gestanden hatte, als er abgedrückt hatte. Anders war es nämlich nicht zu erklären, dass der im hinteren Teil des menschlichen Gehirns sitzende Okzipitallappen nunmehr zerkleinert auf dem Pflegesessel klebte.

Jung ließ seinen Blick durch das Zimmer gleiten. Er sah die etwas in die Jahre gekommene, braune Schrankwand mit den Sammeltassen, die alte Wanduhr, die in Brauntönen gehaltenen Stickbilder, die Pferdeköpfe und Hunde zeigten, die vergilbte Raufasertapete, den Kronleuchter, die Stehlampe, die braune Couchgarnitur, den kleinblättrigen Ficus. Nur eins erblickte er nicht …

„Kommissar Jung?“, rief plötzlich ein älterer Schutzpolizist vom Korridor ins Wohnzimmer herein.

„Der bin ich“, gab Jung zurück und blickte auf den Uniformierten.

„Wir haben hier draußen einen jungen Mann, der behauptet, der Enkel des Opfers zu sein“, antwortete der Polizeiobermeister. „Was machen wir mit dem?“

„Komme.“

Als Jung dem Mann gegenüberstand, wusste er noch nicht, dass er es mit einem Polizeianwärter zu tun hatte. Und Mark Fibinger hielt es seinerseits nicht für nötig, den Kommissar darüber aufzuklären.

„Kommissar Jung“, stellte der Ermittler sich vor.

„Mark Fibinger", sagte der blasse Polizeischüler. „Was ist mit meinem Opa passiert?"

„Kommen Sie", forderte Jung ihn auf. Die beiden entfernten sich daraufhin einige Meter vom Hauseingang. „Herr Fibinger ist Ihr Großvater?"

„Ja. Er war dement."

Es klang so, als wollte der junge Mann den Tod seines Großvaters relativieren. Jung wunderte sich. *Wer zur Hölle sagt so etwas, wenn er vom Tod eines Angehörigen erfährt?*

„Er wurde heute morgen erschossen aufgefunden. Von einer ambulanten Pflegekraft", entgegnete der Kommissar.

„Ich weiß", gab der junge Fibinger zurück.

„Woher?", erwiderte Jung. „Wenn ich fragen darf."

„Der Kollege dort vorne hat es mir gesagt, als ich hier ankam", antwortete Fibinger und deutete auf einen der Schutzpolizisten, die an der Straße standen. „Außerdem weiß ich, wann die Pflege kommt."

„Und Sie sind der einzige Verwandte?", wollte Jung wissen.

„Ja."

„Wann haben Sie Ihren Opa zum letzten Mal gesehen?"

„Gestern Abend hier im Haus", erwiderte Fibinger. „So gegen sechs, nein, sieben Uhr. Vielleicht auch halb acht."

„Wann denn nun?", hakte Jung nach.

Der Todeszeitpunkt war noch nicht eingegrenzt worden, da der Forensiker auf sich warten ließ. Ein herbeigerufener Notarzt hatte lediglich den Tod des Mannes festgestellt. Es war also nicht unwichtig, was genau dieser Mark Fibinger jetzt sagte, dachte Jung und musterte sein Gegenüber eingehend.

„Kurz nach sieben."

„Darf ich fragen, wo Sie sich letzte Nacht aufgehalten haben? Also, nachdem Sie das Haus Ihres Großvaters verlassen hatten." Jung war selbst überrascht, wie schnell er in eine Vernehmung hineingeschlittert war. Kam ja auch nicht alle Tage vor, dass sich eine verdächtige Person direkt am Tatort einfand. Praktisch war es allemal.

„Ähm ..." Fibinger wich Jungs Blick aus. Verlegen sah er auf seine großen, gelben Boots. „Ich war mit ein paar Kollegen zusammen. Es gab eine Party in Güstrow. Von dort bin ich aber recht früh aufgebrochen. Mir war nicht gut."

„Und weiter?"

„Dann bin ich nach Hause gegangen und habe mich hingelegt."

„Gibt es Zeugen dafür?"

„Nein ... aber wieso?", stammelte Fibinger. „Verdächtigen Sie mich gerade, dass ich etwas mit dem Tod meines Opas zu tun habe?"

„Das haben Sie gesagt ... Entschuldigen Sie mich!", erwiderte Jung und zog sein Handy aus der Tasche, um ein Gespräch entgegenzunehmen. Er drehte sich weg, aber Fibinger konnte ihn trotzdem hören. „Hallo Frau Westphal!"

Als Fibinger den Namen der Dozentin vernahm, zog er die Augenbrauen zusammen. *Was geschah hier gerade? War das gut oder schlecht für ihn?*

***

Westphal und Jung hatten sich im Kriminalkommissariat Stralsund getroffen. Sie saßen in einem fast leeren Büro im Westflügel. Jung hielt einen Kaffeebecher in der

Hand. Vor ihnen lagen die Ergebnisse der Laboruntersuchung.

„Und es war wirklich Eibe?“, fragte Westphal.

„Das sagt die biochemische Analyse“, erwiderte Jung. „Den Bericht hat mir Behner vor zehn Minuten gefaxt.“

„Und wie erklärt er sich das?“, wunderte sich Westphal. „Ist das nicht extrem bitter?“

„Behner schätzt, dass jemand den Extrakt der Eibe irgendwo hineingemischt hat. Brodersen selbst oder eben jemand anderes ...“

„Was hat Behner noch gesagt?“, wollte Westphal wissen.

„Nichts weiter“, entgegnete Jung. „Aber wir können ihn ja mal anrufen.“

Westphal fand keine Zeit mehr, Einwände dagegen zu erheben, denn Jung hatte bereits Behners Kontakt auf dem Display seines Handys angewählt und den Lautsprecher aktiviert.

„Hallo?“, meldete sich Behner.

„Hallo, Herr Behner. Jung hier“, sagte der Kommissar. „Neben mir sitzt Lydia Westphal. Wir hätten noch ein paar Fragen zu dem Analysebericht.“

„Moin, Moin!“, entgegnete Behner. „Dann schießen Sie mal los!“

„Intoxikation durch Eibe?“, fragte Westphal lakonisch. Mit Behners Stimme kamen die Erinnerungen an Ummanz zurück. Augenblicklich fühlte sie sich unwohl. Jetzt hatte sie doch wieder Kontakt zu diesem Mann. Und dabei hatte sie sich geschworen, ihn für den Rest ihres Lebens zu meiden.

„Bei der Obduktion hatte ich ja bereits ein Hirnödem festgestellt. Das passt auch sehr gut zu dem Befund der Intoxikation durch Taxin B.“

„Was ist das?“, hakte Jung nach.

„Das ist der in der Zierkonifere enthaltene Giftstoff“, erklärte Behner. „Vergiftungen durch Eibe kommen bei Menschen kaum vor. Eher schon bei Tieren. Ein paar Eibennadeln sind völlig ausreichend, um ein Schaf oder ein Kalb zu töten. Bei Menschen genügen etwa fünfzig Gramm.“

„Lassen sich damit auch die Spuren von Erbrochenem erklären, die Sie auf dem Kutter gefunden haben?“

„Ja, das passt durchaus“, erwiderte Behner. „Es beginnt mit einem trockenen Mund, geht mit erweiterten Pupillen, Bauchschmerzen, Dehydrierung und Schwindel weiter. Dann setzen Durchfall und Erbrechen ein. Nach relativ kurzer Zeit kommt es zur sogenannten Lungen-Leber-Stauung und einer Niereninsuffizienz. Infolgedessen reichern sich rote Blutkörperchen sehr stark im Blut an. Damit lässt sich auch das Hirnödem erklären.“

„Brodersen wird ja wohl kaum Eibennadeln gegessen haben, nicht wahr?“, fragte Westphal.

„Nein, wir haben nichts dergleichen in seinem Magen entdeckt. Außerdem könnten wir dann ja wohl auch von einem Suizid ausgehen. Nadeln oder andere Pflanzenteile kann man jemandem ja schlecht irgendwo untermischen“, gab Behner zurück. „Die Kollegen von der Forensischen Chemie in Greifswald vermuten deshalb, dass jemand ihm den Eibenextrakt in den selbst hergestellten Kräuterlikör gegeben hat. Sie untersuchen gerade die Reste der Flasche, die im Boot gefunden wurde. Ist etwas schwierig, da nicht mehr allzu viel drinnen war.“

„Danke, Herr Doktor Behner“, sagte Jung.

„Danken Sie nicht mir, sondern den Kollegen von der Toxikologie. Taxin-Vergiftungen erfordern ein Spezialwissen, über das ich als normaler Forensiker gar nicht verfüge. Das Gift der Eibe ist nur äußerst schwer nachzuweisen. Wäre in jedem Fall eine perfide Mordmethode, wenn man denn von einem Verbrechen ausgehen kann."

„Man kann also davon ausgehen, dass Brodersen am Sonntagmorgen wie üblich in seinem Kutter rausgefahren ist und seine Flasche Kräuterschnaps dabei hatte …", fasste Jung zusammen.

„… mit der er sich allmählich vergiftet hat", fuhr Behner fort. „Schluck für Schluck."

„Seltsam, dass ihn der bittere Geschmack der Eibe nicht stutzig gemacht hat. Das spricht meiner Meinung nach eigentlich für einen Suizid."

„Also, die bisherigen Untersuchungen der Flaschen aus Brodersens Vorräten haben bereits gezeigt, dass er einen äußerst starken und sehr würzigen Schnaps produzierte."

„Aber gebrannt hat er nicht selbst, oder?", fragte Westphal dazwischen.

„Dafür haben wir keine Hinweise gefunden", sagte Jung. „Aber die leeren Flaschen Primasprit auf seinem Grundstück sprechen ja eine deutliche Sprache. Er hat das Zeug selbst angesetzt. Das hat uns auch Frau Brodersen bestätigt."

„Brauchen Sie mich noch?", tönte es aus dem Telefon.

„Ich denke, von jetzt an sind wir gefragt", erwiderte Jung. „Danke, Herr Behner."

„Ich melde mich, wenn ich die endgültige Zusammensetzung des Flascheninhalts habe", gab Behner zurück.

„Alles klar."

„Auf Wiederhören!"

Behner hatte aufgelegt. Der Krampf in Westphals Brust löste sich wieder.

„Gehen wir mal rein hypothetisch von einem Mord aus", sagte sie.

„Brodersen wäre also vergiftet worden …“, erwiderte Jung.

„… von jemandem, der ihn sehr gut kannte“, fuhr Westphal fort. „Gewissermaßen ähnlich wie bei Fibinger. Auch dort muss es sich um einen Täter gehandelt haben, der mit den Gewohnheiten seines Opfers vertraut war.“

„Lassen Sie uns mit dem zweiten Fall beginnen“, fuhr Jung fort.

„Deswegen bin ich schließlich hergekommen.“ Westphal wusste, was gleich kommen würde. Sie hatte die ganze Fahrt über darüber nachgedacht. Und hätte der Fall Fibinger nicht diese rasche Entwicklung genommen, dann säße sie womöglich nicht hier mit Jung im Kriminalkommissariat.

„Die zuständige Staatsanwältin hat einen Haftbefehl für Mark Fibinger beantragt“, sagte Jung. „Der Haftrichter wird heute noch eine Entscheidung treffen.“

„Mmh …“, machte Westphal nur. „Ich persönlich halte nichts davon. Das hatte ich ja bereits am Telefon gesagt.“

„Er hat kein Alibi für den Todeszeitpunkt und er ist Alleinerbe des alten Fibingers“, entgegnete Jung. „Es wäre fast schon fahrlässig, wenn wir ihn nicht verdächtigen würden.“

„Ich kenne ihn als Schüler und muss sagen …“

„ … Entschuldigen Sie!“, unterbrach Jung die ehemalige Kriminalrätin. „Aber es sprechen noch weitere Indizien gegen ihn. Das war längst nicht alles.“

Westphal sah den jungen Kommissar erwartungsvoll an. „Na ja, jetzt erzählen Sie mir bitte mal die ganze Geschichte.“

„Also, zunächst einmal hat der Forensiker festgestellt, dass Heinrich Fibingers Tod gegen zweiundzwanzig Uhr eingetreten sein musste“, begann Jung. „Da er keine unmittelbaren Nachbarn hat, hat auch niemand den Schuss gehört. Ganz genau können wir es letztlich nicht sagen. Das allein macht den Enkel vielleicht noch nicht zum Verdächtigen. Schwieriger ist es jedoch mit der Party in Güstrow."

„Welche Party?", wollte Westphal wissen.

„Ein paar Polizeischüler haben gestern Abend eine kleine Feier veranstaltet. Den Aussagen mehrerer Partygäste zufolge ist Mark Fibinger nur recht kurz dort gewesen. Maximal jedoch bis einundzwanzig Uhr. Das bedeutet, er hätte von der Party direkt zu seinem Großvater fahren und ihn erschießen können."

„Warum sollte ein Polizeischüler auf solch eine dämliche Weise einen Mord an dem Menschen begehen, den er so intensiv gepflegt hat? Er selber hat mir mehrfach davon erzählt, dass er sich allein um den alten Mann kümmern würde. Mark Fibinger hatte Sorgen, dass er deswegen seine Ausbildung vernachlässigen würde."

„Vielleicht war das sein Kalkül und er hat die Tat so offensichtlich aussehen lassen, damit niemand auf ihn kommt." Ein Zucken ging über Jungs Gesicht. Unaufhörlich kratzte er sich an der Schläfe. *Was hatte er nur?*

„Lieber Herr Kommissar Jung", hob Westphal zu sprechen an. „Ich kenne Sie jetzt mittlerweile gut genug, um zu wissen, dass Sie mir etwas Entscheidendes verheimlichen. Was wissen Sie außerdem?"

„Sie haben Recht", gab Jung zu. „Es gäbe da noch etwas."

„Und?" Westphal zog die Augenbrauen hoch.

„Wir haben anhand der ballistischen Untersuchung die Waffe ermittelt, mit der der Mann ermordet worden ist."

„Und?", hakte Westphal nach.

„Es handelt sich um eine Übungswaffe, die letzte Woche in der Polizeischule Güstrow abhanden gekommen ist.“ Jung sah sie mit bedeutungsschwerem Blick an. *Das hatte gesessen!*

„Gut“, entgegnete Westphal stockend. Doch sie wusste, dass das ganz und gar nicht *gut* war. Die verschwundene Waffe war letzte Woche *das* Gespräch an der Schule gewesen. Die Schulleitung hatte eigens eine Dienstbesprechung durchgeführt, um das Kollegium darüber zu unterrichten. „Dann bringen Sie mich mal zu Fibinger ...“

Westphal verschwieg Jung, dass Fibinger heute morgen nicht im Unterricht gewesen war.

***

„Wie standen Sie zu Ihrem Großvater?“, fragte Westphal den Polizeischüler. Hauptkommissar Schleichert hatte sie um die Vernehmung gebeten, da sie als Dozentin und Tutorin bereits eine Beziehung zu dem Verdächtigten aufgebaut hatte. Das half fast immer, weshalb Schleichert sich auch ein Geständnis ausrechnete. Westphal war jedoch skeptisch, was das betraf. Sie hielt Fibinger für unschuldig. Trotz der Indizienlage und des belastenden Gegenstandes, den ihr Schleichert übergeben hatte und den sie jetzt in ihrer Handtasche aufbewahrte ...

„Gut. Ich war sein einziger Verwandter“, gab Fibinger zurück. „Und habe mich um ihn gekümmert. Das wissen Sie ja.“

„Wie genau sah das aus?“, wollte Westphal wissen.

„Ich war mindestens jeden zweiten Tag bei ihm in Brandshagen.“

„Gibt es Zeugen dafür?“

„Nein, nicht direkt. Ich weiß nicht, ob sie Brandshagen kennen“, entgegnete Fibinger.

„Nicht wirklich.“

„Mein Opa wohnte dort etwas abseits. Meine Besuche bekam nie einer mit.“

Westphal überlegte kurz, ob sie Fibinger zu einem eventuellem Erbe befragen sollte, verwarf diese Idee jedoch. Sie wollte ihn nicht unnötig in Bedrängnis bringen. Das half selten bei einem Verhör, da der Befragte dann meistens dichtmachte. Wichtig war jetzt vielmehr der genaue Ablauf der Ereignisse des gestrigen Abends. Denn dort lag der Schlüssel für die Frage, ob Fibinger als Täter in Frage kam oder nicht. „Warum sind Sie so früh von der Feier aufgebrochen?“

„Sie meinen die Party bei Tilo Seiler?“

„Genau.“

„Mir war übel.“

„Ganz plötzlich?“

„Ja, schon.“

„Wie erklären Sie sich das?“

„Ich weiß nicht“, gab Fibinger zurück. „Vielleicht war es der geräucherte Saibling, den die da hatten. Der hat schon etwas seltsam geschmeckt.“

„Waren Sie deshalb heute morgen nicht in der Schule?“

„Das kann man so sagen, ja.“

Westphal musterte den jungen Mann. Er hatte die Augen zusammengekniffen und ließ seinen Blick über Schreibtisch, Kalender und Aktenregal huschen. Etwas Nervöses lag in ihm. Wieso hatte er diese Worte gewählt: *Das kann man so sagen, ja.* Log er?

„Warum haben Sie sich nicht krank gemeldet?“

„Ich bin so selten krank, dass ich mir gar nicht sicher war, wie das Prozedere ist. Ich dachte, ich kann das auch nachreichen."

„Sie hätten wenigstens im Sekretariat anrufen können, Herr Fibinger", gab Westphal zurück. „Und ehrlich gesagt, bin ich etwas erstaunt über die Sorglosigkeit, die Sie in der Sache an den Tag legen. Sie sind doch sonst so ein vorbildlicher Schüler."

„Ich weiß ...", stammelte er.

„Aber lassen Sie uns noch einmal zu der Party zurückkehren", sagte Westphal. „Liege ich richtig in der Annahme, dass Sie kurz nach acht auf der Party waren und um neun wieder von dort aufgebrochen sind?"

„Das ist korrekt."

„Sie sind direkt nach Hause gefahren?"

„Ja, nach Güstrow."

„Sie haben dort ein Zimmer?"

„Ja, eine ältere Dame vermietet mir dort ihr Gartenhäuschen."

„Ich befürchte, Ihre Vermieterin hat nicht mitbekommen, wann Sie nach Hause gekommen sind?"

„Nein, sie legt sich um sieben Uhr schlafen."

„Fragen könnten wir sie ja trotzdem mal", murmelte Westphal und machte sich eine Notiz. Fibinger hätte also wieder zurück nach Brandshagen fahren können, ohne dass es jemand mitbekommen hätte. „Wie war denn Ihr gestriger Besuch bei Ihrem Großvater? Gab es da irgendetwas Erwähnenswertes? Sie hatten mir gegenüber doch erzählt, dass er sich in letzter Zeit seltsam verhielt. Was ist damit?"

„Er hatte so seine Momente. Manchmal war er ganz klar und manchmal völlig neben der Spur. Dann fing er an, dieses seltsame Zeug zu reden."

„Was war das genau?“, wollte Westphal wissen.

„Also, er redete irgendetwas von Ameisen und davon, dass sie ihn holen kommen würden.“

„Und Sie wussten nicht, was er damit meinte?“

„Nein, Frau Westphal.“

„Sagen Sie mal, Herr Fibinger“, sagte Westphal plötzlich und steckte die Hand in ihre Handtasche. „Vermissen Sie etwas?“

Fibinger wurde rot. Er schien zu wissen, was Westphal gleich aus ihrer Tasche befördern würde. „Ich habe es bei Seiler vergessen.“

„Ich bin nicht die Einzige, die das seltsam findet“, sagte Westphal, während sie ein Smartphone vor sich auf den Tisch legte.

„Ich weiß.“

„Das wäre der letzte Beweis dafür gewesen, dass Sie sich gestern zwischen neun und zehn nicht in Brandshagen aufgehalten haben. Wir hätten feststellen können, wo genau sich Ihr Handy eingeloggt hat. Aber Sie trugen das Handy nicht bei sich, als Sie die Party verließen. Warum?“

***

Westphal war auf dem Weg nach Greifswald, wo sie einen Termin mit Marijas Therapeutin hatte. Sie hatte Neuenkirchen bereits passiert, als ihr Telefon klingelte. Es war Jung. Was wollte er? Sie hatten sich doch erst vor knapp einer Stunde voneinander verabschiedet.

„Moin, Herr Kommissar“, meldete sie sich. „Was haben Sie noch?“

„Moin“, gab Jung zurück. „Ein Mordmotiv für Mark Fibinger.“

„Auch das noch“, stöhnte Westphal. Die Sache entwickelte sich in eine Richtung, die ihr nicht gefiel. Irgendetwas sagte ihr, dass Mark Fibinger nicht hinter dem Mord an dem alten Mann steckte. Es war einfach alles zu eindeutig, zu einfach. Und gleichzeitig zu unwahrscheinlich. Ein Mensch wie Mark Fibinger mordete doch schließlich nicht aus Raffgier. Oder etwa doch?

„Unsere Spurensicherung hat aktuelle Bankunterlagen von Heinrich Fibinger in dessen Wohnhaus sichergestellt“, entgegnete Jung. „Der Alte war ziemlich wohlhabend. Nicht steinreich, aber immerhin.“

„Haben Sie auch Zahlen?“

„Fast dreihunderttausend Euro“, erwiderte Jung. „Das ergibt neben dem Haus ein ganz ordentliches Erbe für Mark Fibinger.“

„Wenn er denn nun wirklich Alleinerbe ist.“

„Ist er“, erwiderte Jung. „Auch das Testament ist aufgetaucht.“

„Er hätte doch einfach warten können, bis er dran ist. Wieso sollte er es besonders eilig gehabt haben?“, wandte Westphal ein.

„Auch wieder richtig“, stimmte Jung ihr zu. „Wir müssen also jetzt herausfinden, wieso der Fibinger einen besonderen Bedarf an Bargeld hatte. Wenn es da was gab, erfahren wir das auch. Vielleicht war er verschuldet.“

„Mmh … reine Spekulation“, wandte Westphal ein. „Nehmen wir also an, er ist der Täter. Wieso sollte er jedoch seinen Opa so offensichtlich ermorden? Der frühe Aufbruch von der Feier, die verschwundene Trainingspistole, das vergessene Handy … So dumm ist der doch nicht. Das hat er im Unterricht mehrmals unter Beweis gestellt. Er hätte es auch cleverer anstellen können, wenn er gewollt hätte.“

„Vielleicht hat er extra alles so aussehen lassen“, wandte Jung ein. „Das wäre doch dann auch clever.“

„Haben Sie Fibinger schon damit konfrontiert?“

„Ja, er sagt, er habe nichts von dem Vermögen seines Großvaters gewusst“, antwortete Jung. „Finden Sie das nicht auch verdächtig?“

„Hat er sonst noch etwas gesagt?“, fragte Westphal, ohne weiter auf Jungs Frage einzugehen. Für so ausgebufft hielt sie Fibinger einfach nicht.

„Ich habe ihn nach dem Mobbing in der Schule gefragt“, sagte Jung. „Davon hatten Sie mir ja erst heute morgen berichtet …“

„Ich hatte gesagt, dass ich es vermute“, gab Westphal zurück. „Ich weiß nicht, ob er tatsächlich gemobbt wurde. Werde das aber auf jeden Fall weiter beobachten.“

„Er hat mir bestätigt, dass die Schüler sich oft zum Spaß beleidigten. Als *Mobbing* würde er das aber nicht bezeichnen.“

„Das spricht für sich“, entgegnete Westphal. „Hat er ausgesagt, wer ihn da neulich auf dem Innenhof der Schule beschimpft hat, und vor allen Dingen, wie?“

„Namen hat er mir nicht genannt“, sagte Jung. „Er meinte, jemand hätte es aus einer Gruppe heraus gerufen.“

„Und was wurde da gerufen?“

„*Schwuchtel …*“, antwortete Jung. „Auf der Polizeischule kann das hart sein.“

Westphal erinnerte sich daran, dass sie genau dasselbe Wort auch vernommen hatte, als sie die kleine Gruppe von Polizeischülern auf dem Hof belauscht hatte.

„Wissen Sie, ob Mark Fibinger homosexuell ist?“, fragte Westphal. „Ich selbst habe davon nichts mitbekommen.“

„Ich habe ihn gefragt und er hat verneint“, antwortete Jung. „Die Beschimpfung war vielleicht auch nicht wörtlich gemeint …“

„Zählt dieses Wort etwa auch zu den gebräuchlichen Bezeichnungen unter jungen Polizisten?“, fragte Westphal und kam sich gleich zwanzig Jahre älter vor.

„Ach, das hört man immer wieder mal“, entgegnete Jung. „Muss nicht immer böse gemeint sein. Kommt halt drauf an …“

„Warten Sie mal, Herr Jung.“ Westphal fiel es plötzlich wie Schuppen von den Augen. „Was wäre, wenn sich jemand anderes für das Erbe von Mark Fibinger interessieren würde?“

***

Der Wind fuhr heftig durch den Sanddorn am Grundstückrand und über das Gras, das sich legte und aufstellte wie ein frisch geföhnter Bürstenhaarschnitt. An einem Fahnenmast knatterte eine Hansa-Fahne. Unter einem Ginsterstrauch lag ein Mann wie ein toter Baumstamm. Niemand der drei Personen, die sich hinter dem großen Fenster in dem grell ausgeleuchteten Praxiszimmer befanden, hatte eine Ahnung davon, dass draußen im Garten jemand unter dem Wind lag und sie beobachtete.

Außer den drei Menschen befand sich noch ein viertes Wesen in der Tierarztpraxis von Frau Doktor Hofer. Es war ein in die Jahre gekommenes Boxermännchen, das an einem Bandscheibenvorfall litt und bei dem die Veterinärmedizinerin vor zwei Monaten obendrein noch Darmkrebs diagnostiziert hatte. Das Tier lag auf einem Behandlungstisch aus Metall und harrte regungslos der Dinge, die da kamen. Dazu zählte unter anderem Frau Hofer selbst, die eine recht große Spritze mit einem Sedativum in der rechten Hand hielt. Mit der linken gab sie ihrem Ehemann ein Zeichen, der daraufhin begann, den Boxer sanft zu streicheln. Die Besitzerin des Hundes tat gar nichts. Sie stand nur starr am Fuß des Tisches und hielt sich die Hände vor das Gesicht.

„Du hilfst also neuerdings bei deiner Frau aus", murmelte der heimliche Besucher im Gebüsch und sah auf die Elster, die vor ihm auf der Wiese gelandet war und sich zu ihm drehte. „Nicht du! Flieg weiter! Hier gibt es nichts zu sehen."

Während der Krähenvogel ganz unbeeindruckt seines Weges tippelte, verabreichte die Tierärztin dem alten Boxer die Spritze. Das hektische Hecheln ließ nach. Der Atem des sedierten Hundes wurde ruhiger. Ohne ein Wort zu verlieren, griff die Veterinärmedizinerin nach einer zweiten Spritze. Sie enthielt Pentobarbital, ein Barbiturat, das in der Humanmedizin als Schlafmittel Gebrauch findet und das Tierärzte häufig zum Einschläfern von Haustieren verwenden. Frau Hofer sah kurz zu der Hundebesitzerin hinüber. Diese hatte angekündigt, dass sie zwar dabei sein, aber nicht hinsehen würde, wenn es soweit wäre. Es war nun soweit. Ein leises Schluchzen zog sich durch die Praxis. Dann setzte die Tierärztin die Spritze am Hals des Hundes an und injizierte ihm die tödliche Dosis.

Mit einem ratlosen Gesichtsausdruck hörte Herr Hofer auf, das Tier zu streicheln. Die Hundebesitzerin musste gespürt haben, dass der finale Akt nun vollzogen war, denn sie wandte sich langsam von dem Geschehen ab. Orientierungslos und mit den Händen vor dem Gesicht stand sie in der Praxis. Ihr Wimmern und Schluchzen wurde lauter. Frau Hofer sah ihren Mann an und zuckte ganz leicht mit den Schultern.

Die Trauernde hatte sich die Szene in all ihrer Schrecklichkeit immer wieder ausgemalt. Der Herzfehler, das kaputte Becken, die zwei Bandscheibenvorfälle und die Geschwüre am After vom vielen Durchfall. Was hatte sie ihrem Schatz nicht alles zugemutet. Aber nun war es vorbei. Der Krebs war zu viel gewesen. Eine Behandlung hätte ihr Süßer nicht mehr überstanden.

„Kommen Sie!“, sagte der Mann zu der weinenden Frau und berührte sie leicht an der Schulter. Der Mann im Gebüsch konnte erkennen, wie Hofer die Lippen bewegte und einen Blick mit der Frau Doktor tauschte, die gerade überprüfte, ob die Spritze auch wirklich die beabsichtigte Wirkung entfaltet hatte. Langsam schob der helfende Ehemann die Hundebesitzerin aus dem Praxiszimmer. Die Ärztin nickte leicht. Die Spritze war korrekt dosiert gewesen.

Das Tier war tot.

***

Am fünften Tag, nachdem ein junger Sassnitzer mit seiner Drohne durch Zufall einen Leichnam an der Mole entdeckt hatte, liefen Westphal und Jung die Merkelstraße in Sassnitz hinauf. Sie hatten ihre Autos auf dem Dienstparkplatz des Polizeireviers in der Bahnhofstraße abgestellt. Die beiden nahmen den gleichen Weg, den der alte Brodersen bis vor sechs Tagen immer hinunter in das Zentrum der kleinen Stadt gelaufen war.

„Sassnitz ist über den Winter schon ein trauriger Ort“, stellte Jung fest.

„Das können Sie laut sagen“, erwiderte Westphal. „Waren Sie mal auf dem Sassnitzer Weihnachtsmarkt?“

„Nein, aber ich kann es mir vorstellen. Immerhin gibt es noch einen. Andernorts haben sie ihn schon abgeschafft. Und wenn es so weitergeht, dann wird auch Sassnitz bald keinen mehr haben."

„Allerdings", bemerkte Westphal.

Sie waren jetzt am Bahnübergang angelangt. Die Schranken gingen gerade hoch. Hinter den Gleisen mussten sie links in die Lenzer Straße einbiegen. Nach etwa zweihundert Metern würden sie das Haus der Brodersens erreichen.

„Wenn auf Rügen weiterhin die Immobilienfirmen das Sagen haben und der vorhandene Wohnraum eher als Geldanlage für reiche Berliner und Hamburger betrachtet wird, dann werden die Einheimischen bald ganz verschwunden sein. Werden ja so oder so immer älter. Dann wird die Insel zu einer blutleeren Touristenattraktion. Siehe Sylt …"

„Da fällt mir etwas ein …", unterbrach Westphal ihren ehemaligen Kollegen. „Da es auf der anderen Seite des Strelasunds wohl nicht viel anders aussieht, was die wirtschaftliche Lage betrifft, kann man sich ja schon fragen, wie es der alte Fibinger geschafft hat, dreihunderttausend Euro anzuhäufen. Kommt Ihnen das nicht auch etwas seltsam vor?"

„Durchaus", erwiderte Jung. „Habe auch schon bei ein paar alteingesessenen Brandshagenern nachgefragt. Die meinten, der Fibinger hätte direkt nach der Wende ein Grundstück gekauft."

„So schlau, so simpel", entgegnete Westphal. „Wahrscheinlich sind die wenigsten Ostdeutschen nach vierzig Jahren Bodenreform darauf gekommen, zuerst einmal eigenen Grund zu erwerben. Aber etwas Kleingeld musste er ja trotzdem zurückgelegt haben. Irgendeiner lukrativen

Tätigkeit war er also schon zu DDR-Zeiten nachgegangen."

„Da vorne ist es", unterbrach Jung sie.

„Wann haben Sie eigentlich mit Frau Brodersen gesprochen?", wollte Westphal wissen.

„Vor zwei Tagen", gab Jung zurück. „Auf dem Revier hier in Sassnitz."

Als die beiden vor das Grundstück traten, sahen sie, wie jemand rasch im Nachbarhaus verschwand. Auf der gegenüberliegenden Straßenseite räumte ein Mann um die sechzig seine Einkäufe aus. Verstohlen blickte er nach Jung und Westphal. Gerade kurz genug, um nicht mehr grüßen zu müssen. Jung drückte den Klingelknopf. Dann betraten sie das Grundstück durch das weit offenstehende Tor. Die Eingangstür befand sich auf der hinteren Seite des Hauses. Dort erwartete sie eine große, kräftige Frau mit langen weißen Haaren. Um ihre Knöchel strichen scheu zwei Katzen.

„Moin!"

„Moin, Frau Brodersen!"

„Kommen Sie herein?", wollte die Frau wissen. Ihre Augen strahlten Wärme und Güte aus. Westphal fühlte sich sofort wohl in ihrer Anwesenheit.

„Wenn es Ihnen nichts ausmacht, gerne", gab Jung zurück.

„Na dann, bitte!", forderte sie Frau Brodersen auf und ging langsam vor. Direkt neben der Eingangstür gab es eine Tür auf dem Korridor. Sie führte in die Küche.

„Schön haben Sie es hier!", sagte Westphal, als sie die eher kleine Küche betrat. Es handelte sich um eine weiße Einbauküche. Überall sprangen ihr die rotweiß karierten Stoffe ins Auge. Die Sitzkissen auf den Stühlen, die Vorhänge, die Geschirrhandtücher, der Stoffbezug eines großen Obstkorbes, in dem ein paar Orangen und Nüsse lagen. Auf der Tischdecke mit demselben Muster lagen die neueste Ausgabe der *Ostsee-Zeitung* und ein paar Briefe. Westphal erhaschte einen Blick auf eine Beileidskarte.

„Nehmen Sie Platz!", sagte Frau Brodersen. „Darf ich Ihnen einen Kaffee anbieten?"

„Gerne", sagte Jung. Westphal zögerte.

„Oder mögen Sie lieber einen Tee, Frau Kommissarin?"

„Also, wenn Sie mich so fragen, dann hätte ich lieber einen Tee."

„Schwarzen?"

„Sehr gerne."

„Einen schönen Garten haben Sie, Frau Brodersen", lobte Jung und sah durch das Fenster auf den Garten. Trotz der winterlichen Jahreszeit konnte der Kommissar erkennen, dass seine Besitzerin viel Mühe in ihn steckte.

„Danke", gab Frau Brodersen lächelnd zurück. „Mein großes Hobby."

„Das Hobby Ihres Mannes war der Kutter?", fragte Westphal.

„Ach, der mit seinem Kutter. Das war ein kleines Boot, mehr nicht."

„Aber er ist damit raus auf die Ostsee?", wollte Jung wissen.

„Zum Fischen?", schob Westphal hinterher.

„Ach, der und fischen!", rief Frau Brodersen aus. „Zum Trinken ist er rausgefahren. Um sich ungestört volllaufen zu lassen."

„War das nicht gefährlich?"

„Natürlich! Aber wem sagen Sie das. Er war ein alter Dickkopf."

„Aber offiziell fuhr er aus, um zu angeln oder meinetwegen auch zu fischen? Oder wie muss man das verstehen?"

„Ich glaube, er fuhr aus nostalgischen Gründen raus. Manchmal kam er auch mit ein paar Fischen zurück. Ist ja nicht so, dass es in der Ostsee keine mehr gibt."

„Nostalgische Gründe?", hakte Westphal nach. Ihr gefiel der Gedanke, dass Brodersen aufs Meer hinausgefahren sein könnte, um nach seinen Erinnerungen zu fischen.

„Mein Mann stammt aus einer Fischerfamilie. Der kannte den Sassnitzer Hafen noch als großen Fischereihafen mit hunderten von Fischkuttern."

„Schon sehr lange vorbei", murmelte Jung.

„Ich nehme an, es hängt mit dem Alter zusammen. Wir alle werden immer rührseliger, je älter wir werden. Er hat ständig von seiner Kindheit gesprochen. Und von der DDR. Nach der Wende sei alles schlechter geworden. Angeblich! Die Geschichten dürften Sie ja zur Genüge kennen, oder?"

„Sie wirken nicht so, als sei nach der Wende alles schlechter für Sie geworden", entgegnete Westphal.

„Nein, ist es auch nicht. Ich habe mir ja auch etwas aufgebaut."

„Ihre Ferienwohnungen?", fragte Jung, der darüber offenbar bereits Bescheid wusste.

„Genau, das Häuschen, in dem meine Eltern gelebt haben, liegt in der Altstadt von Sassnitz. Direkt an der alten Buchdruckerei, am Kooger Wai. Ich weiß nicht, ob Sie das kennen."

Westphal kannte die Buchdruckerei. Es handelte sich um ein total verfallenes Haus mitten in der Altstadt.

„Die Wohnungen vermieten Sie jetzt?", fragte sie.

„Ich habe das Haus in vier Ferienwohnungen aufgeteilt, die im Sommer immer ausgebucht sind. Den Winter über bringe ich alles auf Vordermann. Ich stecke da viel Liebe hinein. Jedes Jahr verändere ich etwas. Ich streiche und schmücke fast den ganzen Winter über. Das macht mir Spaß und beschäftigt mich", sagte Frau Brodersen und lächelte selig. „Ich habe Glück gehabt."

„Das kann man so sagen", erwiderte Jung und warf Westphal einen raschen, verwirrten Seitenblick zu. Die Frau hatte vor fünf Tagen ihren Ehemann verloren und sprach davon, wie viel Glück sie gehabt habe. *Seltsam ...*

„Sie haben nicht sehr an Ihrem Mann gehangen, nicht wahr?", nutzte Westphal die Äußerung schlagfertig aus.

„Er aber auch nicht an mir", gab Brodersen zurück. Sie hatte nicht damit gewartet, sich zu rechtfertigen. Ihr Gesicht verhärtete sich. Der warme Glanz in ihren Augen verschwand.

„Der Alkohol?", wollte Westphal wissen.

„Wenn ich ihm etwas bedeutet hätte, hätte er das Trinken sein gelassen", sagte Frau Brodersen. „Aber die Hoffnung, dass das jemals passieren würde, hatte ich eigentlich schon vor vielen, vielen Jahren aufgegeben."

„Warum hat er getrunken?", fragte Westphal.

„Weil er abhängig war", sagte Frau Brodersen. Ihr Lachen klang trocken und bitter. „Aber das ist sicher nicht das, was Sie hören wollen."

Frau Brodersen drehte sich um und schenkte Tee und Kaffee für die Gäste ein. Westphal zog die Augenbrauen hoch und sah Jung fragend an. War das eine Andeutung gewesen? Eine mögliche Spur?

„Und was meinen Sie?", hakte Jung nach und streckte seine Hand nach der Tasse mit dem dampfenden Kaffee aus.

„Ich weiß es doch auch nicht“, gab die Frau zurück. „Er fühlte sich überflüssig. Seitdem er in Rente war, nahm das nur noch zu. Und den Alkohol hatte er schon immer geliebt.“

„Bei der Vermietung hat er nicht mitgearbeitet?“

„Bei mir?!“, rief Frau Brodersen. „Vergessen Sie es! Dazu war er viel zu stolz. Das war immer *mein* Geschäft. Damit hatte er nichts zu tun.“

„Hätten Sie ihn denn genommen?“, fragte Jung. Westphal nickte. Die Frage gefiel ihr. Vorsichtig nahm sie einen Schluck Tee.

„Jetzt muss ich Sie mal zurückfragen, Herr Kommissar“, entgegnete Frau Brodersen. „Würden Sie einen Alkoholiker einstellen?“

Jung schüttelte vorsichtig den Kopf.

„Na, sehen Sie“, rief die Frau. „Ich auch nicht.“

„Und wenn er kein Alkoholiker gewesen wäre.“

„Wäre, wäre … er war zu nichts mehr zu gebrauchen. Die Leute, die im Sommer nach Sassnitz kommen und viel Geld für die Wohnung bezahlen, wollen auch was geboten bekommen. Von der Sauberkeit bis zur Schlüsselübergabe muss alles klappen. Entschuldigen Sie, aber das kann ich so einem nicht überlassen. Er war ja nicht mal mehr imstande, sich saubere Hosen anzuziehen, wenn er in die Stadt ging. So einen kann man nicht gebrauchen.“

„Stimmt es, dass er nicht mehr bei Ihnen im Haus lebte?“, wollte Westphal wissen.

„Ja, das stimmt. Vor drei Jahren hat er sich den alten Wohnwagen dort hinten ausgebaut“, antwortete Frau Brodersen und zeigte in den Garten. Westphal sah einen dieser alten, runden DDR-Wohnwagen. „Dabei hätte er auch in das Gartenhaus ziehen können.“

„Sieht doch ganz ordentlich aus“, gab Jung zurück.

„Ich habe den Wagen letzten Sommer neu gestrichen. Er war dazu ja nicht mehr in der Lage. Sogar die Farbe musste ich von meinem Geld kaufen.“

„Ihr Mann hatte kein Geld?“

„Das, was er hatte, versoff er oder gab es für sein Boot aus. Aber das ist jetzt endlich vorbei. Keine Anlegestelle mehr, keine Benzinkosten, keine Bootsreparaturen. War doch zum Fenster heraus geworfenes Geld.“ Frau Brodersens Gesicht wirkte wie geschnitzt. Das Thema belastete sie ganz offensichtlich.

„Könnten wir den Wohnwagen mal sehen?“, wollte Westphal wissen.

„Haben Ihre Kollegen doch bereits alles untersucht.“

„Ja, aber ich würde mir gerne selber noch einen Eindruck verschaffen“, sagte Westphal und sah aus dem Fenster. Ihr Blick war an irgendetwas hängengeblieben. *Hatte sie richtig gesehen?* „Doch vorher müssen wir Ihnen noch etwas sagen.“

„Ja?“, sagte Frau Brodersen erstaunt. „Was denn?“

„Wir haben die Todesursache ihres Mannes ermittelt“, fuhr Jung fort.

„Ich denke, es war eine Alkoholvergiftung“, erwiderte die Witwe.

„Nein“, erklärte Westphal. „Es war zwar eine Vergiftung, aber diese rührte nicht vom Alkohol her, sondern …“

„Wollen Sie sagen, dass er vergiftet worden ist?“, unterbrach Frau Brodersen sie.

„Ihr Mann ist an dem Gift der Eibe gestorben.“

Frau Brodersen schüttelte leichte den Kopf und sah starr aus dem Küchenfenster in den Garten. Auch ihr Blick musste irgendwo in dem Gebüsch hinter dem Wohnhagen hängen geblieben sein.

„Wir wissen letztlich immer noch nicht, ob es Suizid war oder … Mord. Vielleicht findet sich ja noch ein Abschiedsbrief.“

„Den hätte er niemals abgefasst. Da seien Sie sich mal sicher“, gab Brodersen zurück.

Nach alledem, was Westphal in der letzten Viertelstunde gehört hatte, musste sie davon ausgehen, dass es sich um einen Suizid gehandelt hatte. Mit oder ohne Abschiedsbrief. Es deutete wirklich nichts auf einen Mord hin. Oder etwa doch? Westphal wollte unbedingt in den Garten hinaus. Dort gab es etwas zu überprüfen …

„Wollen Sie den Wohnwagen nun noch mal sehen?“, fragte Frau Brodersen brüsk.

„Ja“, gab Westphal zurück und erhob sich. Auch Jung stand auf.

„Na dann, los!“, rief die Witwe.

Diese tüchtige Frau war keine, die einen Alkoholiker an ihrer Seite duldete, dachte Westphal, während sie und der Kommissar hinter ihr herliefen.

„Frau Brodersen, haben Sie eigentlich Kinder?“, rief Westphal von hinten und fragte sich, wieso sie ihr die Frage nicht schon früher gestellt hatte.

„Wir haben einen Sohn, aber der ist weg.“

Jung und Westphal sahen sich verwundert an. „*Weg*? Was heißt das?“

„Zerstritten. Meldet sich nicht mehr. Ich habe mich damit abgefunden. Er ist erwachsen genug und muss wissen, was er tut.“

„Das tut mir leid“, sagte Westphal und sah auf ihre Schuhe. Dort hatte der feuchte Rasen dicke Tropfen hinterlassen.

„Das muss es nicht“, entgegnete Frau Brodersen. „Ist ja nicht erst seit gestern so. Schon in Ordnung. Vielleicht meldet er sich ja jetzt mal bei mir. Jetzt, da sein Vater nicht mehr ist … Hier! Das ist der Wohnwagen meines Mannes. Tolles Zuhause, nicht wahr?“

Westphal konnte nichts Auffälliges erkennen. Erst, als sie sich leicht nach vorne beugte, sah sie, dass die Tür auf der Höhe des Türgriffes ein paar kaum wahrnehmbare Kratzer aufwies. Hatte die Spurensicherung Kenntnis davon? Wie alt waren diese Spuren?

„Die Spurensicherung ist schon hier an diesem Wagen gewesen, sagten Sie?“, fragte Westphal. „Komisch, dass sie das Ding nicht versiegelt haben.“

„Ja, Frau Kommissarin“, antwortete Frau Brodersen, obwohl die Frage eigentlich für Jung bestimmt gewesen war.

Westphal ließ ihren Blick an dem Wohnwagen vorbei in Richtung des offenen Feldes wandern, das hinter dem Grundstück der Brodersens lag. Dort stand etwas, das sie schon die ganze Zeit beschäftigt hatte …

„Was ist das für ein Gelände?“, wollte Westphal wissen.

„Gehört der Deutschen Bahn. Da standen früher mal Lagerhallen.“

„Und dieser Baum gleich hinterm Zaun, ist das nicht eine Eibe?“, wollte Westphal wissen. Sie suchte den Zaun ab und sah, dass er an einer Stelle einen Durchgang bot. Langsam ging sie darauf zu und schlüpfte durch das Loch. Kommissar Jung folgte ihr.

Kurz darauf standen die beiden vor dem dünnen Stamm einer Eibe. Westphal erkannte sofort, dass jemand mehrere Zweige abgebrochen hatte. Als sie sich vorbeugte, sah sie außerdem, dass die Rinde an einer Stelle Einschnitte aufwies. Sie hob den Kopf und ihr Blick suchte die Augen von Frau Brodersen. Doch anstelle eines Augenpaares fand sie zwei winzige, dunkle Steine. Wie von Zauberhand tauchte eine Träne auf der Wange der Frau auf.

Kühl glitzernd wie ein Brillant.

***

Als Frau Doktor Margret Hofer ihren Dienst antrat, fiel ihr sofort auf, dass sich jemand Zutritt zu ihrer Praxis verschafft hatte. Sie erkannte es an den kleinen, schwarzen Erdbrocken, die auf dem Linoleumboden lagen. Stammten die von dem Boxer Chico? *Nein! Das musste ein Fremder gewesen sein!*

„Das darf nicht wahr sein!", rief die kleine, schlanke Frau mit den brünetten Locken. Sie war Anfang sechzig und hielt sich fit, indem sie überwiegend Rohkost aß und täglich Sport trieb. Sie ging bei fast jedem Wetter joggen. Und wenn es wirklich mal nicht ging, dann setzte sie sich auf den Heimtrainer. Jetzt stand sie mitten im Behandlungsraum ihrer Tierarztpraxis und legte ihre Stirn kräftig in Falten.

„Seltsam", sagte sie laut zu sich selbst und trat energisch an die große Terrassentür heran. Ihre Hand umschloss den Türgriff und drehte ihn nach unten. Die Tür hakte. Es war das zweite Mal in zehn Jahren, dass hier ein Einbruch stattgefunden hatte. Eigentlich eine gute Quote. Und beim ersten Mal hatte die Kripo die Täter sogar dingfest machen können. Es waren ein paar Jugendliche aus der Nachbarschaft gewesen, die sich an ihrem Medikamentenschrank zu schaffen gemacht hatten. Mitgenommen hatten sie jedoch lediglich eine Packung Abführmittel für Pferde. Das Ketamin hatten sie nicht gefunden.

„Andreas?“, rief Margret Hofer ihren Mann, der nebenan im Büro saß. Seit seiner Pensionierung half er ihr in der Praxis. Vor allem bei der Buchhaltung.

„Was ist, Schatz?“, kam es zurück.

„Du, ich glaube, hier ist eingebrochen worden. Die Tür klemmt und hier liegt überall Erde herum.“

„Was?!“, rief Andreas Hofer. „Schon wieder?!“

„Wieso *schon wieder*? Das letzte Mal ist das vor zehn Jahren passiert.“

„Stimmt auch wieder“, sagte Hofer und kam in den großen Behandlungsraum.

„Ich kriege die Tür nicht mehr auf“, erwiderte Margret Hofer und zog noch kräftiger an dem Türgriff. Plötzlich sprang die Tür auf. Und hätte Herr Hofer nicht einen Meter hinter seiner Frau gestanden, dann wäre die Veterinärmedizinerin wohl rückwärts gegen den metallenen Behandlungstisch gefallen und er hätte einen Notarzt rufen können. Sie war zwar sportlich und drahtig, aber manchmal auch etwas tolpatschig.

„Pass doch auf!“, rief Herr Hofer. „Habe keine Lust, dich reanimieren zu müssen.“

„Scheiße!“, sagte Frau Hofer nur und löste sich aus den Armen ihres Mannes. Der Schrecken stand ihr ins Gesicht geschrieben. „Sorry!“

„Aber du hattest Recht“, gab der Mann zu und trat an den Türrahmen. „Es ist deutlich eine Delle zu sehen. Jemand hat hier einen Hebel angesetzt.“

„Ich muss schauen, was fehlt“, sagte Frau Hofer.

„Willst du nicht vielleicht erst mal die Polizei rufen?“

„Mach du das, bitte! Ich schau mal nach dem Schrank mit den Medikamenten.“ Diese befanden sich in einem abschließbaren Kühlschrank, von dem Frau Hofer sehr wohl wusste, dass er kein ernstzunehmendes Hindernis für einen Einbrecher war, der bereits ins Haus gelangt war. Als sie in den benachbarten Raum kam, sah sie, was die Stunde geschlagen hatte. „Die hatten es wieder auf die Medikamente abgesehen."

„Junkies auf Rügen?", fragte ihr Mann, der mit dem Telefon am Ohr in das Nebenzimmer kam.

„Berlin ist ja nicht weit", sagte Frau Hofer und verzog ihren Mund verächtlich. „Das ganze Ungeziefer ziehen wir jetzt auch noch an. Na klar!"

„Ja, Hofer hier, in Lohme, bei uns wurde in der Praxis eingebrochen", sprach Herr Hofer in das Smartphone. „Könnten Sie jemanden vorbeischicken?"

Die Tierärztin begutachtete indessen den Schaden. Die Tür des Kühlschrankes war aufgebrochen worden und schloss nicht mehr richtig. Darum würde sie sich heute noch kümmern müssen. Ohne Kühlung lag die ganze Praxis lahm.

„Also, die Jugendlichen von damals haben mehr mitgehen lassen, oder?", fragte Herr Hofer seine Frau, nachdem er aufgelegt hatte.

„Was haben sie gesagt?", wollte seine Frau wissen. Sie ignorierte die Frage ihres Mannes einfach, weil sie sie für sich bereits im Kopf beantwortet hatte. Es fehlte nichts. Und wenn etwas fehlte, dann konnte es nicht viel sein. Das würde sie nur mithilfe ihrer Exceltabellen feststellen können. Aber dafür hatte sie gerade nicht den Nerv.

„Sie schicken jemanden."

„Dann will ich mal sehen, wofür ich meine Steuern bezahle."

„Die werden schon rechtzeitig kommen", gab Herr Hofer zurück. „Außerdem ist es jetzt ja eh zu spät. Die Einbrecher sind sicher lange auf dem Festland."

„Als ob es einen Unterschied machen würde, wo sich die Einbrecher aufhalten."

„Ach, das macht schon etwas aus."

„Na ja, sie werden ja wohl auf keinen Fall hier in der Nähe sein ..."

Kapitel 6

Mark Fibinger saß gemeinsam mit Tjark Seefeldt und Göran Baumann in einem Raum im Halbdunkel auf dem Dänholm. Es handelte sich um den Keller einer jener verlassener Flachbauten, die mehrfach auf der Insel zu finden waren. Fibinger hatte einen Akkuschrauber in der Hand. Hinter ihm lagen Teile eines Regals. In den Ecken standen unzählige Kartons, die teilweise bis unter die Decke gestapelt waren.

„Was war denn da nun, Fibinger?", wollte Baumann wissen.

„Nichts. Die haben mich nur vernommen."

„In der Schule haben sie rumerzählt, dass du verhaftet worden bist."

„Nein, die Staatsanwaltschaft hat einen Haftbefehl beantragt, aber der Haftrichter hat nicht zugestimmt. Also gibt es keine Untersuchungshaft."

„Krass", sagte Seefeldt trocken.

„Und die Schule?", hakte Baumann nach.

„Die Schulleitung wollte mich suspendieren", gab Fibinger zurück.

„Und?"

„Ist noch nicht klar." Fibinger wusste, dass die Schulleitung ihn trotzdem suspendieren würde, sobald der Staatsanwalt offiziell Ermittlungen gegen ihn einleiten würde.

„An der Schule sehen sie einen schon dumm an, wenn man falsch parkt", sagte Seefeldt. „Möchte nicht wissen, was die denken, wenn man wegen Mordes verdächtigt wird."

„Werde ich ja nicht“, entgegnete Fibinger trotzig.

„Aber gegen dich wird doch ermittelt, oder?“

„Nur weil ein Kommissar, der keine Ahnung hat, das sagt?“, fragte Fibinger. „Ganz bestimmt nicht.“

„Na ja, der Staatsanwalt sagt es ja auch.“

„Es gilt trotzdem immer noch die Unschuldsvermutung.“

„Wieso solltest du auch deinen Opa erschießen?“, fragte Seefeldt.

„Es ist so krass, was hier mittlerweile abgeht“, sagte Baumann. „Harmlose, verdiente Männer werden in ihren Häusern erschossen.“

„Ich kann mir schon denken, welche Sorte dahinter steckt“, sagte Seefeldt. „Und nichts wird unternommen.“

„ ... stattdessen verdächtigen sie einen einheimischen Polizeischüler.“

„Aber sie haben nichts mitgehen lassen“, wandte Fibinger ein. „Gewöhnliche Einbrecher waren es nicht. Das ist ja das Problem.“

„Ach, komm schon! Vielleicht hat dein Opa ja auch irgendwo ein Geldversteck gehabt, von dem du nichts weißt.“

„Das brauchte er nicht“, gab Fibinger trocken zurück. „Er hat seine Kohle auf der Bank gehabt. Und zwar nicht zu wenig davon ...“

Seefeldt und Baumann warfen sich einen vielsagenden Blick zu.

„Geld auf der Bank ist heute auch nicht mehr das, was es früher mal war“, sagte Seefeldt. „Am besten ist immer noch Gold.“

„Und du denkst, der Goldpreis wird nicht von denen da oben kontrolliert?“, fragte Baumann. „So wie sie alles und jeden unter ihre Kontrolle gebracht haben.“

„Weiß nicht ...“, erwiderte Fibinger.

„Was ist eigentlich mit Hofer?“, fragte Seefeldt. „Wollte der nicht längst hier sein und seinen Winkelschleifer mitbringen?“

„Ich bin immer noch dafür, dass wir die Tür irgendwie anders öffnen. Ein Winkelschleifer ist zu laut.“

„Auf jeden Fall ist es gut, dass wir den Hofer mit an Bord haben. Der Mann ist nützlich und vor allem kennt er sich aus.“

„Wann hat er gleich seine Grundausbildung auf Dänholm absolviert?“

„Weiß nicht genau. 1973?“

„Kann sein. Auf jeden Fall kennt er jeden Stein auf der Insel.“

Plötzlich ertönte ein dumpfes Klopfen. Fibinger schreckte hoch. Seefeldt blickte ihn an. In seinen Augen lag ein Anflug von Verachtung. Fibinger wich dem Blick aus. Er befürchtete, dass sie ihn irgendwann aus der Gruppe ausschließen würden. Baumann stand auf und ging in einen Nebenraum, um die Stahltür zu öffnen. Manne war gekommen. Er war wesentlich älter als die drei jungen Männer, hatte einen hageren Eierkopf und große Augäpfel, die irgendwie locker in ihren Höhlen saßen.

„Moin, Jungs!“, grüßte der Mann, der einen Rottweiler-Mischling mitführte.

„Moin, Manne! Was gibt es? Warum so spät?“

„Mir ist was dazwischen gekommen. Habe mit Hofer telefoniert. Bei seiner Frau ist in der Praxis eingebrochen worden.“

„Was?!“

„Ja, die Schweine haben Betäubungsmittel mitgehen lassen. Irgendwelche Junkies müssen das gewesen sein.“

„Bestimmt Berliner. Die müsste man alle von Rügen verjagen!“, schimpfte Baumann.

„Wem sagst du das“, gab Manne zurück und stellte eine Reisetasche auf den Tisch. „Hofer hätte sie gerne erwischt und ihnen ein paar Pfeile in den Hintern gejagt. Mensch, da hätte ich aber auch Bock drauf gehabt!“

„Und Hofers Hund?“, fragte Fibinger.

„Den Lee Harvey nehmen sie nicht mit in die Praxis. Verträgt sich nicht mit anderen Hunden“, entgegnete Manne.

„Lee Harvey hat eine Ausbildung zum Polizeihund, oder?“, fragte Fibinger.

„Richtig, er sollte eigentlich in die Hundestaffel kommen, aber dann hat er einen Infekt bekommen und ist bei Hofers gelandet“, erklärte Manne. „Als er wieder gesund war, wollten ihn eure Kollegen nicht mehr zurück haben.“

„Fangen wir an?“

„Ja, lass uns gehen! Haben keine Zeit zur verlieren.“

***

Lydia Westphal saß bei Florian Bertel im Wohnzimmer. Es war nun schon das dritte Treffen. Kai und Marija hielten sich in Kais Zimmer auf. Mittlerweile duzten sie sich. Florian servierte ihr einen Tee.

„Meinst du nicht, wir sollten es ihnen mal erlauben, dass sie sich allein treffen?“, fragte sie ihn, doch sie sah bereits an seinem Gesichtsausdruck, dass er den Vorschlag nicht sonderlich gut fand.

„Ich denke, nicht.“

„Ich finde es seltsam, dass wir hier unten sitzen und unsere erwachsenen Kinder dort oben vielleicht intim werden.“

„Ich glaube nicht, dass sie das tun. Sie zocken.“

Lydia wusste, dass die beiden über Computerspiele zueinander gefunden hatten. Ihr war allerdings auch bewusst, dass ihre Tochter Kai früher oder später handfeste Avancen machen würde. Sie kannte Marija schließlich gut genug.

„Ich denke, wir können es nicht ausschließen. Und spätestens dann fände ich es blöd, wenn wir hier unten säßen und quasi warten würden, bis sie fertig wären. Sie sollten mehr Privatsphäre haben."

Florian nahm einen Schluck Kaffee und sah sie ernst an. „Diese … Gewalttätigkeit deiner Tochter macht mir Sorgen. Ich meine das, was du mir erzählt hast. Die plötzlichen Attacken und so."

„Sie mag ihn. Da passiert nichts." Warum musste Florian bloß so ängstlich sein?

„Dich mag sie auch, oder?", fragte er provokant zurück. Sie hatte ihm beim ersten Treffen davon erzählt, dass Marija sie bereits mehrmals angegriffen hatte. Dass sie unter spontanen Gewaltausbrüchen leide. *Großer Fehler …*

„Aber das ist jetzt schon fast ein Jahr her. Sie fühlt sich doch wohl mit Kai." Wollte Florian es seinem Sohn tatsächlich vorenthalten, sexuelle Erfahrungen zu machen? *Autismus hin oder her …*

„Wenn das so ist …", sagte Florian. „Was ist mit Verhütung?"

„Marija ist im Bilde", gab Lydia zurück. „Vielleicht sollte jeder von uns beiden sich sein Kind nochmal zur Brust nehmen und ihm ein paar Hinweise mitgeben, was das angeht."

„Obwohl das dann auch wieder komisch aussieht."

„Na ja, man kann nicht alles haben", sagte Lydia und verdrehte leicht die Augen. „Es stört dich also nicht, dass die beiden vielleicht gerade Sex miteinander haben?"

„Wenn es Kais Bedürfnis ist …“, gab Florian zurück. „Denn er würde ja wohl kaum mit ihr schlafen, wenn er es nicht wirklich wollte.“

„Und wie schätzt du ihn ein?“, fragte Lydia. „Will er?“

Fast hätte sie ihn auch gefragt, wie es sich bei ihm verhalten habe, als er in Kais Alter gewesen war. Doch das wäre wohl zu weit gegangen. Florian sah sie erstaunt an.

„Ich denke nicht, dass uns das was angeht“, erwiderte er.

„Vielleicht hast du Recht.“

„Na, dann sollten wir nicht weiter darauf herumkauen.“

Lydia sah betreten auf ihre Hände. Vielleicht hatte sie Florian doch falsch eingeschätzt. „Wegen Marija musst du dir keine Sorgen machen. Sie richtet ihre Aggressionen schon eine ganze Weile nicht mehr nach außen. Eher täte sie sich selbst weh.“

„Ist es schon vorgekommen, dass sie sich selbst verletzt hat?“

„Das war der Grund für ihren letzten Klinikaufenthalt“, gab Lydia zurück. „Sie hat große Versagensängste. Ich meine, sie hat vor allen möglichen Dingen Angst. Aber eine besondere Panik hat sie, dass sie irgendwelchen Ansprüchen nicht genügen könnte.“

Plötzlich ertönte ein lautes Poltern aus dem Obergeschoss. Dann kam jemand die Treppen herunter gestolpert. Es war Kai.

Sein Gesicht war blutüberströmt.

***

Er war mit dem Regionalexpress bis nach Sassnitz gefahren. Dort hatte er eine halbe Stunde lang ein paar Jugendliche beobachtet, die am Busbahnhof gestanden, laut

Musik gehört und geraucht hatten. Der Qualm ihrer Zigaretten war in riesigen Wolken zu den grellen Lampen aufgestiegen und sie hatten sich rhythmisch zu veralteten Schlager-Hits bewegt. Ihnen selbst war die Tristesse dieser Szene am wenigsten bewusst gewesen. Sie spielten ahnungslos das ewige Spiel der Jugend, hatte er gedacht. Ihnen war es gleichgültig, was sie dort draußen in der Welt erwartete. Und sie hatten auch keinen Schimmer davon gehabt, was der dunkel gekleidete Mann wohl im Schilde führte, der sich eine Weile am Bahnhof herumgedrückt hatte und dann in Richtung Stadtzentrum verschwunden war. Augenscheinlich.

Denn er ging nicht ins Zentrum, sondern er machte einen Schlenker zurück zur Stubbenkammerstraße, um dann den Hügel hinaufzusteigen, links an der einsamen Sankt-Johannis-Kirche vorbei. An der Stelle, wo die Landstraße eine Biegung macht, verschwand er auf einem schmalen Pfad in der Dunkelheit des Nationalparks Jasmund.

Er kannte den Wald gut und der Mond schien ausreichend hell. Er ließ sich Zeit. In knappen drei Stunden legte er den Weg bis nach Lohme zurück. An der Westseite des Dorfes klopfte er sich auf dem Asphalt die Walderde aus den Schuhen. Aber nur, um kurz darauf hinter den Einfamilienhäusern zu verschwinden. An einer kleinen Seitenstraße, nur einen Steinwurf vom Kunsthof entfernt, lag das Haus der Hofers. Dort legte er sich ins Gebüsch. Er wusste, dass die Frau Doktor in weniger als einer Stunde ihre Runde mit dem Schäferhund Lee Harvey drehen würde. Dann wäre er ungestört ...

Durch das Terrassenfenster konnte der Fremde in das Wohnzimmer der Hofers schauen. Er sah, dass sie in der

Fernsehzeitschrift blätterte, doch er sah weder Herrn Hofer noch den Hund.

„Wo seid ihr denn?“, sagte er zu sich selber. „Macht mir keinen Scheiß. Bin extra hergelatscht.“

Er hatte diesen Moment lange geplant. Er wusste, dass Hofer bisweilen mit dem Auto verschwand, um sich mit einem früheren Arbeitskollegen aus dem Steuerberaterbüro zu treffen, wo er bis vor zwei Jahren noch gearbeitet hatte. Manchmal nahm er Lee Harvey mit. Aber heute hatte seine Frau ihren langen Praxistag gehabt. Sie würde also mit dem Hund vor die Tür gehen wollen.

„Ach, sieh mal einer an!“, murmelte der Beobachter im Gebüsch, als er den Skoda-SUV der Hofers vorfahren sah. Andreas Hofer war wie erwartet doch gekommen. Jetzt würde alles ganz schnell gehen. Der Mann im Gebüsch tastete nach der Spritze, die er in einer Seitentasche seines Rucksacks deponiert hatte. Er zog sie heraus und legte sie neben sich auf den Boden. Es war keine gewöhnliche Spritze, sondern eine, wie sie Veterinärmediziner für größere Nutztiere verwenden, etwa für das Narkotisieren von Pferden oder Kühen. Anschließend griff er in eine andere Tasche und zog das Narkosemittel hervor. Er schüttelte es und befüllte die Spritze. Trotz der Lederhandschuhe bereiteten die Handgriffe ihm keine Mühe. Er hatte es zig Male geübt. Bei Nervosität half nur die Routine der einstudierten Bewegungen. Nachdenken war zwecklos, alles musste automatisch funktionieren. Wie der Weg zur Arbeit, den man über Jahre zurücklegt und über den man irgendwann nicht mehr nachdenkt. Mit dem Morden war es ebenso. *In manchen Ländern und zu anderen Zeiten auch bloß ein Beruf von vielen: Menschenleben nehmen …*

„Bis gleich!“, ertönte es vom Haus her. Dann fiel die Wohnungstür zu. Der Schäferhund bekam gar nicht erst die Möglichkeit, Witterung aufzunehmen, denn die Tierärztin trieb ihn sofort an. Der Mann im Gebüsch konnte trotz der Dunkelheit erkennen, dass sie ihre bunte Sportkleidung trug. Das kam manchmal vor, nicht immer. Vielleicht war das ein gutes Zeichen. Möglicherweise würde die Runde ja heute größer ausfallen und er dadurch mehr Zeit zur Verfügung haben. Auch wenn er sie kaum in Anspruch nehmen würde. Er würde schnell sein.

Dann sprang er auf.

***

Westphal saß im Krankenhaus Bergen. Vor ihrem inneren Auge liefen die Bilder eines Albtraumes ab. Vor nicht einmal zwei Stunden hatte sie sich mit Florian Bertel über die Sexualität ihrer Tochter unterhalten. Seltsam genug … Dann war Kai mit blutigem Gesicht wie aus dem Nichts ins Wohnzimmer gestürmt. Während Westphal die Notrufzentrale angerufen hatte, hatte sich Florian um seinen Sohn gekümmert.

„Was ist passiert? Was ist passiert?“, hatte Florian ihn gefragt. Doch der hatte keine Antwort gewusst und nur verwirrt geschaut. Der Vater hatte begonnen, ihm mit einem Handtuch das Blut vom Gesicht zu wischen, während Westphal mit einem weiteren Tuch in der Hand daneben stand und wohl darauf wartete, dass irgendwo eine blutende Wunde zum Vorschein kommen würde.

„Scheiße! Was ist passiert?“, hatte Bertel wiederholt und vorwurfsvoll zu Westphal geblickt.

Doch es war keine Wunde zum Vorschein gekommen. Und irgendwann war klar gewesen, dass Kai gar nicht verletzt war. Von dem Augenblick an, in dem Kai das Wohnzimmer betreten hatte, bis zu dem Moment, in dem sie verstanden hatten, dass das Blut auf seinem Gesicht unmöglich von ihm hatte stammen können, war etwa eine Minute vergangen. Eine Minute, die Westphal im Nachhinein wie eine Ewigkeit vorgekommen war. *Marija!*

„Marija!", hatte Westphal gerufen und war nach oben in Kais Zimmer gestürmt.

„Marija!", hatte sie auch Kai rufen hören. Ihr Schrei hatte ihn aus seiner Trance gerissen.

In Kais Zimmer bot sich ihr ein Bild des Grauens. Ihre Tochter lag mit nacktem Oberkörper auf Kais Bett. Sie war seitlich zusammengerollt und wimmerte. Die weiße Bettwäsche war voller Blut. Westphal sah, dass ihre Tochter mit der rechten Faust eine Schere umklammerte.

„Was ist passiert?", hatte sie Marija gefragt, doch diese hatte nur lauter angefangen zu weinen. Als Westphal sich Marija genähert hatte, hatte sie gesehen, dass sie an der Schulter eine offene Wunde hatte.

„Ich habe ... Mist ... gebaut", schluchzte Marija.

Ihre Worte waren kaum zu verstehen gewesen. Sie hatte sie regelrecht herausgepresst. Westphal hatte leise auf sie eingeredet. Sie getröstet. Irgendwann war das Martinshorn ertönt. Westphal hatte ihr eine Decke über die Schultern gelegt. Die Rettungssanitäter waren die Treppe heraufgepoltert und hatten Marija versorgt. Schließlich waren Mutter und Tochter in den Rettungswagen gestiegen und ins Krankenhaus gefahren. Nun saß sie hier und wartete darauf, dass der behandelnde Arzt endlich mit ihr sprach.

„Frau Westphal?", riss eine Stimme sie plötzlich aus ihren Gedanken. Die Kriminalrätin a.D. hob den Blick. Vor ihr stand Kommissar Jung.

„Herr Jung? Was machen Sie denn hier?“, fragte sie ihn erstaunt.

„Das könnte ich Sie auch fragen“, entgegnete der Kommissar. Westphal entging dabei nicht das Zucken, das seinen Mund umspielte. *War er nervös?*

„Da haben Sie Recht“, gab Westphal zurück. „Aber ich habe zuerst gefragt.“

„Ich habe meine Ex hier besucht. Sie wurde heute operiert. Und Sie?“

„Ich bin mit meiner Tochter hier“, gab Westphal zurück und lenkte das Gespräch sofort wieder auf Jung. „Ich hoffe, der Frau geht es gut. Also Ihrer Ex ...“

„Geht schon.“

„Sind Sie schon lange getrennt?“, fragte Westphal und bereute es sogleich wieder. Es ging sie nichts an und es interessierte sie im Grunde auch gar nicht. Außerdem war es ein denkbar schlechter Moment für einen Plausch.

„Eine ganze Weile“, erwiderte Jung. „Aber was ist mit Ihrer Tochter?“

„Sie hat sich verletzt.“

„Hoffentlich nicht schlimm.“

„Ein bisschen schon.“

„Wie denn?“, fragte Jung. „War es ein Unfall?“

Westphal hatte dem Kommissar nie von der schizophrenen Störung ihrer Tochter erzählt. Kaehr war der einzige Kollege, der komplett in die Krankengeschichte Marijas eingeweiht war.

„Darüber ...“, stammelte Westphal, „möchte ich nicht sprechen.“

„Verstehe ich“, erwiderte Jung. „Entschuldigen Sie.“

„Das berührt die Privatsphäre meiner Tochter“, antwortete Westphal trocken. Sie wollte allein sein und wartete darauf, dass Jung jetzt seiner Wege ging. Aber das war nicht der Fall.

„Frau Westphal, jetzt, da ich Sie hier sehe“, sagte Jung, „muss ich Ihnen noch etwas mitteilen.“ Der Flur war menschenleer. Der Kommissar blickte sich trotzdem nach allen Seiten um. Dann beugte er sich zu Westphal und sprach mit gesenkter Stimme weiter: „Ich denke, die Staatsanwaltschaft wird einen Haftbefehl gegen Henriette Brodersen beantragen.“

***

Der Eindringling mit der großen Spritze lief zügig auf das Haus zu. Er nahm Rücksicht auf die Beete und trat entweder auf die begrasten Stellen oder auf die vereinzelten Steinplatten. Den leichten Anstieg, der hoch zur Terrasse führte, nahm der Mann mit einem gewaltigen Satz. Dann drückte er das Fenster zurück, das direkt neben der Terrassentür lag. *Klappte doch …*

Einmal hatte er die Eheleute über das Fenster streiten hören. Es war darum gegangen, dass genau dieses Fenster nicht mehr richtig schloss. Andreas Hofer war der Ansicht gewesen, dass man es auswechseln lassen müsste. Doch die Tierärztin hatte das Geld dafür nicht ausgeben wollen. Sie hatte argumentiert, dass man den Fenstergriff nur fest genug nach unten drehen müsste, um es ordentlich zu schließen. Das stimmte in der Theorie auch. Doch ließ die Praxis zu wünschen übrig. Während der letzten Wochen, in denen der Mann in der dunklen Kleidung das Haus der Hofers beobachtet hatte, war das nicht einmal vorgekommen. Weder Herr noch Frau Hofer hatten das Fenster jemals richtig geschlossen.

Und deswegen konnte der ungebetene Gast auch seine schwarz behandschuhte Hand durch den Fensterspalt stecken und den Griff der Terrassentür zur Seite drücken. Es ging tatsächlich so leicht, wie er es sich immer vorgestellt hatte.

„Margret?“, ertönte es aus dem Innern des Hauses.

Als der Eindringling die Terrassentür geöffnet hatte, war ein leichtes Knacken zu vernehmen gewesen. Er hatte nicht damit gerechnet, dass er so früh entdeckt werden würde, aber es brachte ihn auch nicht weiter aus dem Konzept. Er zog die Waffe, die lose in der Seitentasche seiner Jacke steckte, und durchschritt behutsam das Wohnzimmer. Die Auslegware dämmte seine Schritte und Herr Hofer schien sich nicht weiter für das Geräusch zu interessieren.

„Mmh ...“, machte Hofer und schnitt sich eine Scheibe von einem großen Laib Brot herunter. Er hatte nicht mitbekommen, dass der Mann mit der Waffe direkt hinter ihm stand. Eilig riss er die Kühlschranktür auf und holte einen braunen Keramiktopf heraus. Hofer deckte das Gefäß ab und beugte sich nach vorn.

„Lecker!“, murmelt e er. „Wie Margret nur darauf verzichten kann! Schön dumm!“

Während er das Griebenschmalz aus dem Topf kratzte, dachte er daran, dass seine Frau nun schon seit drei Jahren vegan lebte. Und jeden Tag schien ihr etwas Neues einzufallen. Rohkost, Intervallfasten, Monomahlzeiten. Zu Beginn war es ihr allein um ihre Ernährung gegangen, doch mittlerweile warnte sie auch ihn stündlich vor allen anderen erdenklichen Giften. Die kamen angeblich nicht nur in Lebensmitteln vor, sondern überall in der Umwelt. Was es da nicht alles gab: Mikroplastik, Elektrosmog, biologisch verseuchtes Trinkwasser, chemisch verseuchte Atemluft, Chemtrails, Antibiotika, unfreiwillige Impfungen.

Andreas Hofer teilte nicht alle ihre Ängste. Und die allergefährlichsten Schadstoffe verortete er sowieso woanders. *Was war denn mit der geistigen Vergiftung, der sie alle permanent ausgesetzt waren? Man musste ja nur die Medien einschalten!*

„Mich machen sie nicht zum Veganer", sagte er schmatzend. „Nicht, solange der Seiffert in Bergen noch selber schlachtet."

Hofer schloss die Augen und kaute. Der Fremde stand so dicht hinter Hofer, dass er beobachten konnte, wie Hofers Kieferknochen sich unter der Haut bewegten. Hofer versenkte das Messer gierig ein weiteres Mal in dem Schmalztopf.

„Könnte dir so passen. Ich und Veganer!", sagte Hofer und kicherte, bevor er die Klinge an den geöffneten Mund führte und den Klumpen Schmalz langsam mit der Zunge ablöste. Er stöhnte laut vor Genuss. *Ein letztes Mal ...*

Dann rammte ihm der Mörder mit den Lederhandschuhen die Spritze in die Schulter. Eigentlich hätte es der Hals sein sollen, aber er war abgerutscht. Die Nadel hatte das Schlüsselbein gestreift. Doch selbst wenn die halbe Injektion in Hofers Hemdkragen gelandet wäre, würde das Gift seine Wirkungen entfalten. Die Dosis war hoch genug, um zwei Pferde zu töten. Und sie würde ganz sicher ausreichen, um dieses Exemplar hier zu erledigen. *Verdammter Vielfraß ...*

Die Spritze ließ er in der Schulter seines Opfers stecken. Es würde einige Sekunden dauern, bis sich das Narkotikum in der Blutbahn seines Opfers ausbreiten würde. Trotzdem steckte der Angreifer die Waffe wieder in seine Jackentasche. Er hatte sie nicht benötigt. *Besser so!* Die Nachbarn waren zu dicht dran.

Zunächst ließ Hofer das Messer klirrend auf den champagnerfarbenen Fliesenboden fallen, um sich mit beiden Händen an der Arbeitsfläche abstützen zu können. Womöglich hatte er den Schmerz, der durch die Injektion verursacht worden war, für einen Infarkt gehalten. Aber was nützte ihm diese Vermutung? Er konnte sich ohnehin nur ein, zwei Sekunden lang damit beschäftigen. Dann begann er nämlich, in sich zusammenzusacken. Er spürte, wie seine Arme taub wurden und anschließend seine Beine, ganz am Ende der Kopf. Für etwa eine Sekunde hatte er jenes Gefühl, das wohl auch Locked-In-Patienten haben mussten. Jeder Muskel seines Körpers war paralysiert, doch sein Bewusstsein funktionierte noch.

Das war dann auch der Moment, in dem die Hand, die er nicht mehr spürte, ihn an der Schulter packte und mit einem Ruck herumriss. Wehrlos wie eine Puppe schnellte er herum und sah in die Augen seines Mörders. Spätestens jetzt verstand Hofer, dass es sich nicht um einen Infarkt handelte. Er kannte diesen Mann nicht. Aber auch an dieser Erkenntnis würde er sich nicht allzu lange erfreuen können. Vielleicht noch einmal eine Sekunde lang. Dann würde es vorbei sein. Langsam rutschte er seitlich an der Arbeitsfläche seiner Küche entlang. Und schlug schließlich auf den Boden.

„Das gute Schmalz!“, rief der Mörder und versuchte den Topf noch festzuhalten. Der lange Fußmarsch und die Wartezeit in der feuchten Kälte hatten ihn hungrig gemacht. Aber keine Chance. Der Topf schlug ebenso auf den grau gefliesten Boden wie Hofers Kopf. Doch während sich zwischen den Scherben des Topfes das gelblich-weiße Fett zeigte, hielt der Schädel dem Aufprall stand. Zumindest äußerlich. Hofer blieb trotzdem regungslos liegen. Das Betäubungsmittel hatte gewirkt. Und wenn die Berechnungen des hungrigen Mannes stimmten, dann würde sich der gute Andreas auch nie wieder von diesem oder irgendeinem anderen Boden erheben.

Dann wäre er tot.

***

Der Chefarzt stand mit ernstem Gesicht vor ihr. Westphal kannte Herrn Doktor Börnemann von früheren Ermittlungen auf Rügen.

„Es ist eine Fleischwunde und es besteht das Risiko, dass Marija sich mit der Schere infiziert hat“, sagte der Arzt. „Aus diesem Grund würden wir sie diese Nacht gerne noch hierbehalten. Notfallmedizinisch betrachtet ist der Fall aber abgeschlossen.“

Westphal sah Doktor Börnemann in die grünen Augen. Er hatte sie leicht zusammengekniffen. Die Stirn des etwa sechzigjährigen Mannes lag in Falten. Westphal wusste, was jetzt kommen würde. Sie hatte dem Mediziner bereits den Hergang des Unfalls aus ihrer Perspektive geschildert. Zusätzlich hatte er sich noch Marijas Version angehört.

„Werden Sie sie einweisen?“, fragte Westphal. Ihre Stimme klang viel ängstlicher als beabsichtigt. Eine Mutter will ihr Kind einfach nicht in der Geschlossenen sehen. Auch, wenn es vielleicht das Beste wäre.

„Die entscheidende Frage ist, ob ich die Selbstverletzung als Suizidversuch einstufe oder nicht. Bei letzterem wären mir die Hände gebunden, Frau Westphal. Ich müsste aufgrund der Umstände und auch wegen der

Krankengeschichte eine Einweisung in die Psychiatrie vornehmen."

„Aber Marija hat von einer Übersprungshandlung gesprochen", wandte Westphal ein.

„Das hat sie. Und sie hat es sogar sehr glaubhaft getan", pflichtete Börnemann ihr bei. „Die Situation hat sie überfordert."

„Es war meines Wissens das erste Mal, dass Marija einen sexuellen Kontakt mit einer anderen Person hatte. Das hat sie in Stress versetzt. Und den verträgt sie einfach nicht."

„Frau Westphal, ich muss Sie natürlich in Anbetracht dessen auch danach fragen, ob Marija … eine Missbrauchsgeschichte hat."

„Nein", gab Westphal trocken zurück. Sie hatte diese Frage erwartet. Und trotzdem berührte sie sie auf eine seltsame Weise. Es kam ihr so vor, als würde der Arzt ihr einen Vorwurf machen. Es klang so, als würde er sie fragen, ob sie selbst ihre Tochter jemals wissentlich einem Missbrauch ausgesetzt oder sie zumindest grob vernachlässigt hätte. „Es war der Druck. Sie kann einfach nicht mit der Erwartungshaltung anderer Menschen umgehen. Sie mag Kai wirklich sehr gerne. Und womöglich hat es einfach nicht geklappt. Dann ist sie durchgedreht. Aber es steckte keine suizidale Absicht dahinter."

„Verstehe", sagte Börnemann. „Bitte wenden Sie sich trotzdem an die Psychiatrische Abteilung der Hansaklinik Stralsund. Die Frau Doktor Merscher ist eine ausgezeichnete Ärztin. Marija wäre dort in besten Händen."

„Ich weiß", gab Westphal einsilbig zurück. Sie kannte diese Ärztin längst. Viel Neues würde sie ihr nicht erzählen können. Aber was sollte es. Alles war besser als eine Einweisung in die Psychiatrie.

„Ich würde Ihnen jetzt empfehlen, dass Sie nach Hause fahren und sich ausruhen", sagte Börnemann. „Wohnen Sie immer noch in Schwerin?"

„Ja", antwortete Westphal. Sie sah dem Arzt an, dass er besorgt war.

„Ich kenne eine kleine Pension hier in der Nähe", sagte Börnemann. „Ich könnte dort anrufen. Der Inhaber würde Sie auch nur für ein paar Stunden aufnehmen."

Westphal überlegte. Ihr Ex-Mann hatte ihr bereits angeboten, dass sie in seinem Haus in Mönchgut übernachten könnte, aber Westphal hatte abgelehnt. Sie war sich sicher, dass seine Frau nicht sonderlich begeistert von solchen Aktionen sein würde, und hatte eher an eine private Pension in Sagard gedacht, in der sie in den letzten Jahren mehrere Male eingekehrt war. Doch da es sich bei der Betreiberin um eine ältere Dame handelte, die sie zu so nachtschlafender Zeit nicht mehr behelligen wollte, verwarf sie auch diese Möglichkeit. Es sprach alles für die Lösung des Arztes. „Ich nehme das Angebot an."

„Sie können sogar zu Fuß gehen", sagte Herr Börnemann und lächelte. „Einen Moment ..."

„Vielen Dank!" Westphal sah zu, wie der Chefarzt sein Handy aus der Tasche zog und einen Kontakt heraussuchte. Er wählte eine Nummer an und drehte sich zur Seite.

„Ich habe hier eine Dame, die bei dir unterkommen möchte ... Eine Kriminalrätin außer Dienst ... Alles klar. Ich schicke sie dir ..."

Während der Chefarzt noch ein paar Sätze am Telefon sprach, näherte sich ein Mann. Westphal erkannte Sandro Behner aus dem Augenwinkel. Der Forensiker, mit dem sie auf Ummanz zusammengearbeitet hatte. Sie hatte ihm seine unrühmliche Rolle letzten Winter nicht vergessen.

Noch immer war sie schockiert darüber, dass er mehr oder weniger direkt an der kollektiven sexuellen Ausbeutung einer jungen, hilfebedürftigen Frau beteiligt gewesen war. *Wieso tauchte der ausgerechnet jetzt hier auf?* Die Geschichte mit Marija hatte sie verletzbar gemacht. Westphal beschloss, ihn zu ignorieren.

Börnemann hatte das Telefonat beendet. „So, Frau Westphal, Sie können jetzt in Ihre Unterkunft. Der Eigentümer Herr Baumann erwartet Sie in der Ringstraße 34b."

„Moin!", grüßte Behner von der Seite.

„Da bist du ja endlich!", rief Börnemann und gab dem Forensiker einen lässigen Handschlag. „Gehen wir?"

„Wollen wir die Frau Kriminalrätin nicht einladen?", fragte Behner plötzlich.

„Eher nicht", gab Doktor Börnemann zurück. „Ich denke, sie hat einen sehr anstrengenden Tag gehabt."

Westphal warf Behner einen eisigen Blick zu.

„Vielen Dank nochmals, Herr Doktor Börnemann", sagte sie trocken. „Gute Nacht!"

***

Frau Hofer ging auf das Haus zu und wunderte sich, warum Lee Harvey so kräftig an der Leine zog. Nebel hatte sich über Lohme gesenkt und der kleine Ort verschwand zusehends unter einer grauen Decke. Die Umrisse der Häuser und Autos wurden schwarz. Menschen waren gar nicht mehr zu sehen.

„Lee!", rief die Veterinärmedizinerin. „Ruhig jetzt!"

Sie mochte den Namen Lee Harvey nicht, aber ihr Mann hatte darauf bestanden. Sie nannte den Hund einfach nur *Lee*. Kein schlechter Name für einen Hund. Sie fragte sich, warum er so unruhig war. Es war an der

Tagesordnung, dass Füchse die Ortschaft aufsuchten. Es gab immer wieder unvernünftige Nachbarn und Touristen, die die Tiere mit Futter anlockten. Bisweilen konnte Lee einen Fuchs ignorieren, der keine zwanzig Meter entfernt die Straße kreuzte. Aber manchmal drehte er völlig durch, auch wenn der Räuber nicht zu sehen war.

Frau Hofer bog ab und ging geradewegs auf ihr Haus zu, das ganz am Ende der Sackgasse lag. Die Beunruhigung des Hundes hatte sich noch gesteigert und begann langsam, sich auf die Hundehalterin zu übertragen. Frau Hofer gab dem Zerren ihres Hundes nach und beschleunigte den Schritt. Lee Harvey begann zu bellen.

„Ruhig, Lee!", ermahnte sie den Hund und tätschelte ihm den Kopf. Lee Harvey schaffte es jedoch nicht, sich zu beruhigen. Als sie am Grundstück angelangt waren, begann er, laut und anhaltend zu bellen. Spätestens jetzt war sich die Tierärztin sicher, dass etwas nicht stimmte. Nur was? Strich dort ein Fuchs durch den Garten? War er womöglich tollwütig oder sonst irgendwie krank? Handelte es sich um ein anderes Wildtier, das vielleicht im Garten verendet war?

Sie drückte das Gartentor auf und legte den schmalen Weg zum Haus im Laufschritt zurück. Währenddessen zog sie ihr Handy aus der Jackentasche. Die Hundeleine ließ sie los. Lee Harvey verschwand im Nebel. Sie öffnete die Haustür und trat ins Haus. „Andreas!?"

Es kam keine Reaktion. *Was war bloß passiert?* Sie stürmte durch den Korridor in das Wohnzimmer. Dort sah sie das aufgedrückte Fenster, die geöffnete Terrassentür, die Erde auf dem Boden. Als nächstes rannte sie in die Küche. Dort fand sie ihn. „Andreas!?"

Sie wählte den Notruf und zog die Spritze aus seiner Schulter.

„Hallo!“, schrie sie. „Margret Hofer hier in Lohme … Ja, genau die … Nein, in unserem Haus … Ich habe ihn hier gefunden … Jemand hat ihm vermutlich irgendetwas gegen seinen Willen gespritzt … Er war im Haus … Ja, bitte auch die Polizei …“

Dann warf sie das Handy auf den Boden, ohne das Gespräch beendet zu haben, prüfte Atem und Puls und stellte fest, dass es noch Leben im Körper ihres Mannes gab. Sein Atem war flach, der Puls extrem verlangsamt, kaum spürbar.

In ihrem Kopf begann es bereits zu arbeiten. Die gleichen Erdklümpchen in der Praxis und in ihrem Wohnzimmer, die gestohlenen Betäubungsmittel, Lees Gebell. Wo war der Hund?

„Lee?“

Der Vierbeiner stöberte durch dasselbe Gebüsch, in dem der Übeltäter zuvor zwei Stunden lang gelegen und reichlich Duftnoten verteilt hatte. Mit Schnauze und Vorderpfoten zerwühlte er den Erdboden. Er war wohl das einzige Wesen, das eine ziemlich klare Vorstellung von dem Mann hatte, der seinem Herrchen ein Pferdenarkotikum in die Schulter injiziert hatte. Olfaktorisch betrachtet war die Identität des Täters sozusagen entschlüsselt. Allerdings hatte allein Lee Harvey Zugang zu dieser Information. Dem Wissensvorsprung gegenüber seiner zweibeinigen Besitzerin verlieh er Ausdruck, indem er abwechselnd knurrte und heulte. Das tat er so laut, dass Frau Hofer ihn im Haus hörte und nicht nur laut schluchzend in das dramatische Konzert einfiel, sondern in ihrer völligen Verwirrung auch ihren schwerverletzten Mann allein ließ und auf die Terrasse stürmte.

„Lee!“, schrie sie nur, als sie sah, dass er im Begriff war, den Ginster am Grundstückrand auszugraben. „Hilfe! Hilfe!“

Die Hilferufe, zur Hälfte vom Nebel verschluckt, klangen trocken und verzweifelt. Frau Hofer sprang wieder ins Haus und war in wenigen Sätzen bei ihrem Mann, wo sie sofort mit der Herzdruckmassage begann. In ihrem Kopf rechnete sie sich aus, wie viel wertvolle Zeit es sie gekostet haben mochte, nach dem Hund zu sehen. Waren das entscheidende Sekunden gewesen? Oder war es längst zu spät? Was konnte sie tun?

„Scheiße! Ich habe kein Adrenalin im Haus“, fluchte sie laut. Sie wusste, dass der Neurotransmitter den verlangsamten Herzschlag ihres Mannes wieder normalisieren würde. Zumindest bestand theoretisch diese Möglichkeit. Sollte sie in die Praxis laufen? Die lag nur wenige Gehminuten von ihrem Haus entfernt? Wie lange würde der Krankenwagen brauchen? Zehn Minuten? Zwanzig? Wie lange würde sie mit der Herzdruckmassage durchhalten?

„Ich kann dich doch hier nicht alleine lassen!“, schrie sie verzweifelt. Plötzlich ertönte eine Stimme von der offenen Terrassentür her.

Erschrocken blickte Margret Hofer auf …

Kapitel 7

Westphal lag schweißgebadet in dem viel zu weichen Bett. Es war heiß in dem Zimmer, aber sie hatte weder die Heizung herunterdrehen können, noch das Thermostat gefunden. Irgendwie bereute sie es auch schon wieder, hier eingekehrt zu sein. Draußen schleuderte der Wind ein paar Zweige gegen das Fenster. Vom Dach tropfte Regenwasser laut und hohl auf das Fensterbrett. Ein Hund bellte kurz. Es war erst halb fünf. Wer geht in Bergen um diese Uhrzeit Gassi? Ihr Kopf spielte verrückt.

Der Empfang in der Unterkunft war äußerst seltsam gewesen. Ein faltiger Mann mit gelblicher Haut hatte sie begrüßt, als sie vor ein paar Stunden eingecheckt war. In grauer Jogginghose und dreckigem Unterhemd hatte er auf sie gewartet. Obwohl er ein hageres Gesicht hatte, wies er einen beträchtlichen Bauch auf. Auch seine Schultern, Arme und Beine waren dünn. Der Kugelbauch stand wie etwas Fremdes von dem eigentlichen Körper ab. Westphal musste sich jetzt noch schütteln, als sie an den Anblick dachte.

Sie fragte sich, wie Doktor Börnemann an solche Gestalten kam. War das ein versprengter Verwandter des Chefarztes? Den gleichen Namen trugen sie jedenfalls nicht. Am wahrscheinlichsten war immer noch, dass Börnemann dem Mann einen Gefallen tun wollte. Er wusste wohl, wie es um ihn stand, und wollte ihm zu einem kleinen Zuverdienst verhelfen. Westphal hatte bereits bei Ankunft gezahlt und nur eine handgeschriebene Quittung erhalten. Soweit sie sich erinnerte, war darauf kein Name verzeichnet gewesen. Lediglich die bezahlte Summe. Eine Nacht ohne Frühstück für vierzig Euro.

Da sie sich den Beleg noch einmal ansehen wollte, knipste Westphal das Licht an und griff nach ihrer Tasche. Doch bevor sie ihr Portemonnaie hervorgekramt hatte, fiel ihr ein, dass sie einen Schüler namens Baumann hatte. Hatten die beiden etwas miteinander zu tun? Sie erinnerte sich an eine Szene aus der Fachhochschule, die bereits über einen Monat zurück lag. Es handelte sich um eine völlig belanglose Begebenheit, an die sie sich vielleicht nie mehr erinnert hätte, wenn die Kripo eine daran beteiligte Person heute nicht wegen eines Mordfalles vernommen hätte und es sie zudem nicht in diese Pension verschlagen gehabt hätte.

Es war an einem wolkenverhangenen Montag gewesen. Das letzte Laub war bereits von den Bäumen gefallen. Einer jener Novembertage, wie man sie in Küstennähe häufig erlebte. Es herrschte dichter Nebel und doch wussten die Menschen intuitiv und ohne Wetter-App, dass in ein paar Stunden die Sonne die Oberhand gewinnen würde. Wie so oft hatte sie sich während ihrer Frühstückspause an ein Fenster im Korridor gestellt. Sie mochte es, die Polizeischüler beider Laufbahngruppen bei ihren Pausen zu beobachten. Immer wieder stellte sie Hypothesen auf, welcher von ihnen es schaffen, wer abbrechen oder wer es einmal weit bringen würde. Sie war überzeugt davon, dass nur ein Neuling wie sie sich solche Fragen stellen konnte.

Mark Fibinger und dieser Baumann hatten etwas abseits gestanden und sich über ein Smartphone gebeugt, auf dem offenbar ein Video gelaufen war. Sie hatten sehr vertieft gewirkt und aus irgendeinem Grund hatte diese kleine Gemeinschaft einen besonderen Eindruck auf

Westphal gemacht. Baumann war ein verschlossener Schüler, der in seinen Bewegungen etwas steif wirkte und durch seine Blässe auffiel. Bisweilen äußerte er im Unterricht merkwürdige Ansichten. Westphal hatte sich bei anderen Kollegen nach ihm erkundigen wollen, es aber immer wieder hinausgeschoben.

Plötzlich hatte sich ein Schüler namens Thomas Marder den beiden genähert, kein Neuling wie Fibinger und Baumann, sondern einer aus dem dritten Semester. Als sie mitbekommen hatten, dass Marder Anstalten gemacht hatte, sie anzusprechen, hatten sie das Handy mit ihren Körpern abgeschirmt. Die Art und Weise, wie Baumann danach das Telefon in der Tasche hatte verschwinden lassen, hatte Westphal stutzig gemacht. Dazu kamen die verstohlenen Blicke der beiden, als Marder sich wieder entfernt hatte. Sie hatten etwas Verschworenes gehabt.

Mit einem Ruck fuhr Westphal aus dem Bett. In unmittelbarer Nähe hatte es ein Geräusch gegeben …

***

Frau Hofer blickte die große Frau an, ohne ihre Herzdruckmassage zu unterbrechen. Frau Steiner war gebürtige Bayerin, lebte in der Nachbarschaft und musste wohl Lees Geheul und Hofers Hilferufe vernommen haben. Der frische Wind hatte ihr bordeauxfarbenes Haar am Hinterkopf und an den Seiten in lange Borsten aufgestellt. In Jogginghosen, Winterstiefeln und einem dicken Mantel stand die Nachbarin im Haus der Hofers.

„Was ist passiert?“, stammelte sie ängstlich.

„Da“, die Tierärztin deutete mit dem Kinn auf die am Boden liegende Spritze und setzte zur Beatmung an.

„Was ist das?“, fragte Frau Steiner.

„Vermutlich ein Narkotikum“, gab Hofer zurück und nahm gleichzeitig die Herzdruckmassage wieder auf. „Jemand war im Haus.“

„Ach, das war gar nicht der Andreas selber?“, platzte es erstaunt aus ihr heraus. Frau Hofer quittierte die Äußerung mit einem abschätzigen Blick. Die wohlhabende Münchnerin war ihr nicht sonderlich sympathisch. Eine Erbschaft hatte es ihr gestattet, mehrere Immobilien auf Rügen zu erwerben. Aus diesem Grund hielt sie sich offensichtlich für etwas Besonderes. Sie behandelte die Leute hier, als wären es allesamt ihre Freunde. Diese allzu rasch entstandene, künstlich wirkende Vertrautheit widerte Frau Hofer an. Aber nicht nur dass. Obendrein duzte die Steiner sich mit ihrem Mann.

„Wieso sollte er das tun?“, stieß sie wütend aus, ohne die Steiner anzusehen, die da nun herumstand und kluge Kommentare absonderte. Ihre Spezialität, dachte die Tierärztin. Denn etwas anderes tat sie ja den lieben, langen Tag nicht. Sie lebte von ihrem Erbe und musste keiner geregelten Arbeit nachgehen. Aber immerhin hatte sie sämtliche Töpfer-, Mal- und Yogakurse auf Rügen mit Bravour absolviert, was sie in ihren eigenen Augen zu einer echten Einheimischen machte. Das sahen die Leute von hier dann doch etwas anders. Bittere Abscheu lag auf Hofers Gesicht, als sie daran dachte, was die Steiner für ein Leben führte.

„Soll ich Sie mal ablösen?“, fragte Frau Steiner.

„Lassen Sie mal“, stieß Frau Hofer hervor. Es war zwar wichtig, dass das Tempo der Druckmassage nicht nachließ, was bei schwächer werdenden Kräften irgendwann unmöglich wurde. Aber den letzten Rest Leben, der in ihrem Mann steckte, wollte sie dieser Schnepfe dann doch nicht anvertrauen. *Nicht ihr!* Zumal sie keinen sonderlich fitten Eindruck machte. Die zieht sich doch sicher täglich mehrere *Weißwürschtl* rein, dachte die Veganerin Margret Hofer verächtlich. „Der Rettungswagen muss ja bald hier sein.“

„Ich bin jedenfalls da“, sagte die Münchnerin und kniete sich nieder. Dabei kam sie so dicht, dass Hofer in Versuchung kam, ihr einen Kopfstoß zu verpassen. Es war ganz einfach. Dazu musste sie mit ihrem Schädel, der die rhythmischen Bewegungen der Massage mitvollzog, nur einen Seitwärtsschlenker ausführen, und schon würde die unangenehme Nachbarin aus der Nase bluten und wieder den gebotenen Sicherheitsabstand einnehmen.

Wie gern hätte Frau Hofer die Steiner tot neben ihrem Mann gesehen!

***

Westphal stand nur mit einem Slip bekleidet in dem Zimmer und lauschte. Der Schweiß lief ihr an Hals und Armen hinab. Das Geräusch musste aus dem Nebenzimmer gekommen sein. Es hatte so geklungen, als sei jemand gegen das Treppengeländer gestoßen. Sie griff die Wasserflasche und trank. Um wieder einschlafen zu können, musste sie ausreichend trinken. Die Nacht in dem aufgeheizten Zimmer hatte sie dehydriert. Dann vernahm sie Schritte.

Blitzschnell streifte sie sich ihre Bluse über, schlüpfte in die Jeans und stürmte zur Zimmertür, die sie wild entschlossen aufriss. Westphal stand auf der Türschwelle und starrte angestrengt in die Dunkelheit. Langsam zeichnete sich Baumanns weißes Unterhemd ab, unter dem sich der Kugelbauch wölbte. Erst nach und nach nahm sie den ganzen Rest des Mannes wahr. Die großen Hände mit den krummen Fingern, das grinsende Gesicht, die glänzende Halbglatze, den langen, faltigen Hals. Was zum Teufel wollte der Widerling vor ihrem Zimmer?

„Alles in Ordnung, Frau Kommissarin?“, fragte der Mann. Westphal fragte sich, wieso er seine Frage mit einem glucksenden Kichern unterlegt hatte. Hatte sie etwas verpasst? War etwas witzig gewesen?

„Was machen Sie hier?“, fauchte sie ihn an.

„Ich habe mal nach der Heizung gesehen. Irgendetwas stimmt da nicht“, sagte Baumann und kratzte sich am Bauch. „Ist Ihnen das nicht aufgefallen?“

„Es ist heiß“, entgegnete sie. „Und ich kann nicht schlafen.“

„Habe ich Sie geweckt?“

„Nein.“ Langsam beruhigte Westphal sich. Aber sie sah auch keine Veranlassung, mit diesem Ekel hier einen nächtlichen Schnack zu halten.

„Dann ist ja gut“, erwiderte Baumann, wollte aber partout nicht sein schmieriges Grinsen vom Gesicht nehmen.

„Gute Nacht!“, beendete Westphal das Gespräch und schloss die Tür. Das Grummeln Baumanns vernahm sie schon gar nicht mehr, da sie auf das Display ihres Telefons starrte und sich fragte, wer ihr um fünf Uhr morgens eine Nachricht schickte. Es war Kommissar Jung.

„Hallo Frau Westphal, es gibt eine weitere Leiche auf Rügen. LG, Jung.“

***

Die vier Männer stiefelten durch das Laub, während der aufgeregte Rottweiler sie umkreiste. Jeder von ihnen trug etwas über der Schulter, auf dem Rücken oder in den Händen. Seesäcke, Werkzeugkoffer, einen Bogen, einen

Köcher mit Pfeilen … Plötzlich blieb Seefeldt stehen und deutete auf eine Senke. Wenn man genau hinsah, konnte man eine kleine graue Stahltür im Unterholz erkennen.

„Hier ist es."

„Fibinger! Winkelschleifer!", zischte Manne mit aggressiver Stimme. Seine Augen rollten nervös.

„Hier!" Mark Fibinger stellte den Koffer mit dem Werkzeug vor Manne ab. „Ist der Akku voll?"

„Bin ich ein Idiot?", entgegnete Manne wütend und nahm das Werkzeug in die Hand.

„Was ist mit der Lautstärke?", fragte Baumann.

„Wollen wir da rein, oder nicht?", erwiderte Manne genervt. Seine Hände zitterten. An seiner roten Nasenspitze hing ein dicker Tropfen Rotze.

„Los jetzt!", sagte Seefeldt. „Ist doch nur ein kleiner Schnitt."

Manne schaltete die Maschine ein und setzte sie oberhalb des Türschlosses an. Die Funken begannen zu fliegen und Fibinger trat intuitiv einen Schritt zurück. Das Kreischen währte etwa eine halbe Minute, dann hielt er inne. „Müsste reichen."

„Kuhfuß her!", rief Seefeldt Fibinger zu. Dieser reichte ihm die lange Stange.

„Nicht so!", rief Baumann dazwischen und half Seefeldt, den Hebel richtig anzusetzen. Anschließend brachen die Männer die Tür auf.

„Die Frage ist, wie wir sie wieder sichern", bemerkte Fibinger.

„Für ein paar Tage wird das schon gehen", antwortete Manne und betrat den Bunker als erstes. „Die Schlossreste holen wir von innen ganz einfach raus und eine neue Tür hat Hofer uns schon zurückgelegt."

Die vier Männer traten der Reihe nach in den unterirdischen Raum.

„Nichts mehr drinnen hier“, stellte Baumann fest, während er mit seiner Taschenlampe Boden und Wände anstrahlte.

„Besser so. Das spart uns Arbeit. So können wir einfach nur unseren Kram reinräumen“, gab Manne zurück. „Hauptsache, die Belüftung ist noch in Ordnung.“

„Was war das eigentlich genau?“, wollte Fibinger wissen.

„Ein Versorgungsbunker der NVA“, erklärte Manne. „Hier haben sie eigentlich alles gelagert. Aber überwiegend Proviant.“

„Im Prinzip das Gleiche wie wir“, sagte Seefeldt.

„Blöd, dass der Hofer nicht da ist“, sagte Manne. „Dann hätten wir die neue Tür jetzt schon einbauen können. Weiß leider nicht, wo er sie versteckt hat.“

„Wir könnten sie suchen gehen“, schlug Fibinger vor und erntete abfällige Blicke.

„Na dann, geh mal schön suchen!“

„Wenn Hofer was versteckt, macht er es richtig“, sagte Manne und lachte. „Der Mann hat es von der Pike auf gelernt.“

„Stimmt es, dass er bei der Stasi war?“, wollte Baumann wissen.

„Wer sagt das denn?“

„Mein Alter“, entgegnete Baumann. „Der bildet sich ein, jeden ehemaligen MfS-Offizier auf Rügen zu kennen.“

„Also, wenn Hofer bei der Stasi war, dann aber nicht als Offizier“, gab Manne zurück. Die Männer hatten sich unterdessen hingesetzt, um zu rauchen. Baumann ließ einen großen Flachmann im Lederetui herumgehen. „Das wüsste ich.“

„Vielleicht als IM."

„Mein Alter hat in Bergen mal einen Nachbarn entlarvt. Der hat jetzt einen wichtigen Posten", sagte Baumann.

„Wieso *entlarvt*?", fragte Manne skeptisch. „Hat er herausgefunden, dass der Nachbar bei der Stasi war, oder was?"

„Herumerzählt haben die es ja nicht", gab Baumann zurück.

„Klar, unterlag der Geheimhaltung", warf Seefeldt ein.

„Na, mein Alter war nachts mal mit seiner Schwalbe auf der B96 nach Greifswald unterwegs, da hat ihn ein blauer Lada überholt. Und ausgerechnet, als er an ihm vorbeifuhr, hat sich der Fahrer eine Kippe angesteckt. In dem Moment hat mein Alter rübergeguckt und gesehen, dass es unser Nachbar war", schilderte Baumann. „Und der trug eine Uniform, *die* Uniform. Offizier des MfS. Hat mein Vater sofort erkannt."

„Kann schon sein", pflichtete ihm Manne murmelnd bei. „Die hat jeder gekannt."

„Von da an hat mein Alter gewusst, mit wem er es zu tun hatte", sagte Baumann. „Zu uns hat er danach gesagt, wir sollen nicht mit den Söhnen von dem spielen. Bringt nur Ärger, meinte er."

***

Der Garten der Hofers war mit Scheinwerfern ausgeleuchtet. Jung und Schleichert waren da, der Chef des Polizeireviers Sassnitz und jede Menge Schutzpolizisten waren da, ein weiterer Kommissar aus Stralsund war da, die Spurensicherung war da, die Hundestaffel war da und Lydia Westphal war auch da. Sie hatte bereits mit der Frau des Opfers gesprochen und stand Kommissar Jung nun schweigend gegenüber. Die beiden lauschten einem Telefonat, das Hauptkommissar Schleichert ein paar Meter weiter führte und das in Fetzen zu ihnen hinüberdrang.

„... Jawohl, Herr Kaehr ... Wie soll ich das verstehen? ... Aber Frau Westphal ist keine Ermittlungsperson der Staatsanwaltschaft ... streng genommen war sie ... Was sagen Sie? ... Frau Westphal ist wieder für das LKA tätig? ... Ich wusste ja nicht, dass sie offiziell noch immer im Dienst der Landespolizei steht ... Jawohl, Herr Kaehr!"

Westphal ließ ihren Blick über die Szenerie gleiten. Die Spurensicherung hatte Garten und Haus mit gelben Schildern versehen. Überall war Absperrband aufgespannt.

„Was ist jetzt mit dem Opfer?", wollte Jung wissen.

„Im Krankenhaus", antwortete Westphal. „Nachdem die Rettungssanitäter ihn hier eine Dreiviertelstunde lang erfolglos reanimiert hatten, haben sie ihn ins Krankenhaus gefahren. Unterwegs haben sie die Reanimation fortgesetzt. In Bergen hat ein Arzt dann nur noch den Tod feststellen können."

„Und die Obduktion?", fragte Jung.

„Wird der zuständige Forensiker im Laufe des Vormittags in Bergen durchführen", antwortete Westphal. „Je schneller, desto besser."

„Was hat die Spurensicherung gefunden?", fragte Westphal Hauptkommissar Schleichert, als dieser an die beiden herantrat.

„In dem Gestrüpp dort hinten haben sie ein paar Stofffasern gefunden. Außerdem jede Menge Schuhabdrücke. Sonst nichts", gab Schleichert zurück.

„Frau Hofer ist der Überzeugung, dass ihr Mann mit einem Tiernarkotikum ermordet wurde ...", sagte Jung.

„ ... das vor zwei Tagen bei ihr aus der Praxis verschwunden ist", unterbrach Westphal den Kollegen. „Das hat sie mir bereits berichtet. Die Spuren sind hoffentlich gesichert?“

„Wie haben Sie das so schnell aus ihr herausbekommen?“, wollte Jung wissen. „Zu mir wollte sie nicht sprechen.“

„Zu mir auch nicht“, wunderte sich Schleichert.

„Nehmen Sie es nicht persönlich“, sagte Westphal ausweichend. „Wäre gut, wenn wir demnächst den Kollegen zu fassen kriegen, der den Einbruch in der Praxis aufgenommen hat.“

Schleichert und Jung sahen sich mit großen Augen an. Auf diese Idee waren sie nicht gekommen. Schleichert wandte sich dem Polizeihauptmeister vom Sassnitzer Revier zu. „Herr Kollege? Kommen Sie mal kurz?“

„Herr Hauptkommissar Schleichert?“, antwortete der Kollege.

„Wer hat vorgestern den Einbruch in die Tierarztpraxis von Frau Hofer aufgenommen?“, wollte Schleichert wissen und schielte währenddessen zu Westphal.

„Au Backe, Herr Hauptkommissar! Das kann ich Ihnen gar nicht sagen“, entschuldigte sich der Polizeihauptmeister. „Kriege ich aber raus.“

„Na, hoffentlich“, schnauzte Schleichert zurück.

„Glauben Sie, dass die Fälle zusammenhängen?“, wollte Jung, an Westphal gerichtet, wissen.

„Wenn Sie es täten, dann würde Schwerin Ihnen bald jemanden an die Seite stellen, Herr Jung“, antwortete Westphal mit einem Lächeln. „Was meinen *Sie* denn?“

„Ich weiß nicht recht.“

„Weisen die Fälle Gemeinsamkeiten auf?“, fragte Westphal in suggestivem Ton. Es war offensichtlich, dass ihr das Gespräch mit dem jungen Kollegen Freude bereitete. „Bei Brodersen sind wir ja immer noch nicht sicher.“

„Also, der Brodersen vergiftet, der Fibinger erschossen und der Hofer totgespritzt“, murmelte Jung. „Alles alte Männer.“

„Eindeutig“, erwiderte Westphal und blickte zu Herrn Schleichert hinüber, der sich mit den Kollegen von der Spurensicherung unterhielt. „Vielleicht sollten Sie sich mal über die Biografien dieser drei Herren informieren. Möglicherweise kommt da etwas bei heraus.“

„Sind wir schon dran, Frau Westphal“, sagte Schleichert.

„Herr Kommissar?“, unterbrach sie eine Frauenstimme in einem Dialekt, der eindeutig nicht aus der Gegend stammte. Westphal und Jung drehten sich herum. Hinter der Polizeiabsperrung erblickten sie eine große Frau mit einer großen, weißen Pudelmütze, unter der bordeauxfarbenes Haar hervorragte.

„Sie sind doch der Kommissar, oder?“

„Ja, der bin ich“, gab Jung zurück und ging langsam auf die Frau zu.

„Ich denke, ich habe den Mörder gesehen“, sagte die Frau mit der Pudelmütze. „Es war doch Mord, nicht wahr?“

„Wissen Sie etwas oder wollen Sie etwas wissen?“, fragte Westphal die Nachbarin zurück. Der entgleisten aufgrund dieser ruppigen Rückfrage augenblicklich die Gesichtszüge. Sie war wohl nicht einverstanden damit, dass Westphal sich in ihr Gespräch mit dem jungen Kommissar einmischte.

„Ich sage doch, ich habe jemanden gesehen“, fuhr die Frau fort. „Steiner mein Name. Ich bin hier die Nachbarin.“

Das sagte sie so, als hielte sie ihren Wohnort allein schon für ein besonderes Verdienst. Westphal runzelte die Stirn. „Sprechen Sie ruhig weiter.“

„Er lief dort hinten lang“, entgegnete Frau Steiner und wies auf den Garten der Hofers.

„Vielen Dank“, erwiderte Westphal trocken. „Das hilft uns sehr.“

Dann wandte sie sich ab und ließ Jung mit der Dame einfach stehen. Gemächlich schlenderte sie zu Schleichert hinüber.

„Die Steiner ist uns schon vorhin auf den Zeiger gegangen“, sagte der Hauptkommissar mit einem Blick auf die Nachbarin. „Wollte vor lauter Zeugenschaft den Tatort nicht verlassen. Und uns zusätzlich weismachen, sie hätte bei den Hofers ein besonderes Hausrecht oder so. Hätte ihr beinahe einen Platzverweis erteilt. Ihre Zeugenaussage haben jetzt jedenfalls schon drei verschiedene Kollegen angehört.“

„Jung wird sein Bestes geben“, erwiderte Westphal. „Ist Ihnen eigentlich auch aufgefallen, dass sich zwei ehemalige Polizisten unter unseren drei Opfern befinden?“

„Allerdings“, murmelte Schleichert. „Persönlich habe ich sie nicht gekannt, aber über zwei Ecken kennt hier im Land natürlich jeder irgendwie jeden. Mecklenburg-Vorpommern ist nicht so groß.“

„Habe ich mitbekommen“, entgegnete Westphal mit einem Lächeln. Inzwischen hatte Kommissar Jung die Nachbarin wieder abgewimmelt.

„Die wollte sich nur wichtig machen“, sagte Jung.

„Fragt sich nur, warum“, gab Westphal zurück. „Und? Ist Ihnen inzwischen noch eine Gemeinsamkeit zwischen den drei Fällen aufgefallen?“

„Mmh ... ehrlich gesagt, nein“, entgegnete Jung und blickte Schleichert und Westphal abwechselnd an. Auch auf Schleicherts Gesicht zeichnete sich Ahnungslosigkeit ab. „Ihnen?“

„Möglicherweise schon“, sagte Westphal. „Weiß aber nicht, was das zu bedeuten hat.“

„Nun, spannen Sie uns nicht auf die Folter.“

„Also, wenn es sich bei Brodersen auch um Mord handelt, dann wären alle drei Männer nach dem gleichen Prinzip umgebracht worden“, stellte Westphal fest und blickte in die verwunderten Gesichter der beiden Kommssiare. „Der Mörder hat die Mordmethode immer den jeweiligen Begebenheiten angepasst. Und jedes Mal hat er den Verdacht auf einen unmittelbaren Angehörigen fallen lassen. Bei Brodersen mischte er die Eibe vom Nachbargrundstück dem selbstgemachten Kräuterschnaps bei, was die Ehefrau in den Kreis der Verdächtigen rückte. Bei Fibinger verwendete er eine Pistole aus der Polizeischule, was dazu führte, dass Sie seinen Enkel Mark Fibinger verdächtigten. Und bei Andreas Hofer verwendete er ein Narkotikum aus der Praxis, was die Tierärztin verdächtig macht.“

„Verzeihen Sie, aber das finde ich absurd“, erwiderte Hauptkommissar Schleichert.

„Sie sollten sich mal lieber um die Spuren des Einbruchs in die Tierarztpraxis kümmern. Sonst trifft nämlich genau das zu, was ich Ihnen gerade auseinandergesetzt habe“, sagte Westphal und gähnte so stark, dass ihr die Tränen in die Augen traten. „Und Sie werden Frau Hofer demnächst noch als Verdächtige vorladen.“

Kapitel 8

Florian und Lydia saßen im *Kutterfisch* am Sassnitzer Hafen. Es war ihr erstes Wiedersehen nach der blutigen Begegnung zwischen Kai und Marija.

„Ich haben mich entschieden“, sagte Lydia und sah Florian ernst an.

„Und?“

„Ich nehme die Tagliatelle mit dem Barschfilet und ein Bier dazu.“

„Ich nehme den Dorsch und ein Glas Weißwein.“

Lydia kam oft hierher, wenn sie in Sassnitz war. Das Lokal war zwar nicht nach ihrem Geschmack eingerichtet, aber der Fisch war erstklassig und die Bedienung freundlich.

„Und, wie geht es dir?“, fragte Lydia. Das schlechte Gewissen stand ihr ins Gesicht geschrieben.

„Es geht“, antwortete Florian. „Und dir?“

„Ich habe dir immer wieder gesagt, dass …“

„… Marija ihr Gewaltproblem im Griff habe?“

„Davon war ich ausgegangen“, sagte Lydia. „Jetzt fühle ich mich schuldig.“

„Mmh …“, machte Florian nur.

„Ich meine, du hast dich auf mein Wort verlassen“, fuhr sie fort. „Und dann passiert so etwas. Kai muss völlig durcheinander sein.“

„Im ersten Moment war meine größte Angst die, dass er sich auch schuldig fühlt.“

„Und?“

„Also, es ist nicht ganz einfach … er möchte nicht darüber sprechen, was genau passiert ist", antwortete Florian. „Wie lautet denn Marijas Version?"

„Die muss nicht unbedingt korrekt sein", gab Lydia zurück. „Aber sie hat erzählt, dass es einfach nicht geklappt hat."

„Hat Kai nicht gekonnt?", fragte Florian, als ob ihm die Potenz seines Sohnes besonders am Herzen läge.

„Ist eigentlich ja nicht wichtig", gab Lydia zurück.

„Na ja … vielleicht doch." Florian war offenbar darauf erpicht, die Details zu erfahren. Immerhin hatte er sich anfangs eher zugeknöpft gezeigt, was das betreute Dating ihrer Kinder anging.

„Laut Marija ist es nicht zur Penetration gekommen", erklärte Lydia. „Sie haben es wohl eine gewisse Zeit lang versucht, dann ist bei ihr die Panik ausgebrochen. Die Stresshormone haben dann den Aussetzer verursacht. Wobei man sagen muss, dass sie wohl schon von Anfang an sehr nervös gewesen sein musste."

„Verstehe", gab Florian zurück. Wieder schien es, als ob er erleichtert sei, dass die Hauptlast nicht bei seinem Sohn liege. Kai war also in Ordnung. Es würden ja schließlich noch andere Partnerinnen kommen … *Dachte Florian wirklich so?*

„Scheiße …", zischte Lydia leise. Es hatte sich nicht mehr vermeiden lassen. Ihr rollten die Tränen über beide Wangen.

„Es tut mir leid", sagte Florian sofort. „Du solltest dich jetzt nicht schuldig fühlen."

Lydia registrierte diese Worte genau. Sie hatte darauf gewartet, dass er das sagen würde. Aber warum zum Teufel war er nicht eher damit herausgerückt?! Nun saß sie hier und heulte. Und als er dann auch noch aufstand, um den Tisch kam und sich über sie beugte, um sie zu umarmen, da war es völlig um sie geschehen. Ihr Schluchzen war deutlich zu hören. *Scheiße!* Aber irgendwie tat es auch gut.

Erst, als sie aus den Augenwinkeln sah, dass der Kellner die Bestellung aufnehmen wollte, löste sie sich aus seinen Armen.

„Schon entschieden?“, fragte die junge Bedienung in norddeutscher Nüchternheit.

„Ja.“

Während sie bestellte, spürte Lydia die Wärme Florians noch auf ihrer Haut.

Kapitel 9

Westphal stand im Krankenhaus Bergen. Sie hatte Marijas Zimmer verlassen, um einen Anruf Jungs entgegenzunehmen.

„Moin!"

„Moin, Frau Westphal, ich bin wieder mal ratlos", begann Jung, „und brauche Ihre Hilfe."

„Worum geht es?", fragte Westphal, doch sie hatte bereits einen Verdacht.

„Die Spurensicherung war noch einmal auf dem Grundstück der Brodersens", begann Jung. „Und hat ein Messer gefunden, das die Fingerabdrücke von Henriette Brodersen trägt und ..."

„ ... lassen Sie mich raten", unterbrach Westphal ihn. „Reste von Eibe?"

„Korrekt", fuhr Jung fort. „Zudem haben wir ein paar Details über die Besitzverhältnisse der Brodersens herausgefunden. Hermann Brodersen hatte lebenslanges Wohnrecht in dem gemeinsamen Haus, das er seiner Frau schon vor etlichen Jahren überschrieben hatte."

„Haben Sie ermittelt, warum Herr Brodersen das Haus seiner Frau überschrieben hat?", fragte Westphal.

„Das steht nirgendwo", antwortete Jung. „Aber Frau Brodersen meinte, sie hätte seinerzeit die Hypothek benötigt, um ihre Wohnungen in der Altstadt zu sanieren."

„Ergibt Sinn ...", erwiderte Westphal. „Trotzdem hat sie ihn nicht umgebracht. Der Mörder will es uns glauben machen. Bei allen drei Mordopfern hat er den Verdacht auf die ein oder andere Weise auf die nächsten Angehörigen gelenkt."

„Ich weiß nicht ...", murmelte Jung. „Der zuständige Staatsanwalt sieht das anders. Er entscheidet noch heute, ob er Ermittlungen gegen die Frau einleitet."

„Und?"

„Schleichert hat angeordnet, sie in Sassnitz auf dem Revier zu vernehmen. Dort sitzt sie derzeit. Bin sozusagen auf dem Weg dorthin."

„Wahnsinn!", staunte Westphal. „Hätte nicht gedacht, dass meine Vorhersage so punktgenau zutreffen würde. Haben Sie dem Staatsanwalt denn nicht gesagt, dass es ein System bei den drei Morden gab?"

„Ja", erwiderte der Kommissar. „Aber weder Staatsanwalt noch Schleichert wollten es hören."

„Sie haben noch etwas für mich", sagte Westphal. „Das merke ich doch. Rücken Sie raus damit!"

„Der Staatsanwalt hat Ermittlungen gegen Margret Hofer eingeleitet", erwiderte Jung. Das hatte gesessen. „Beihilfe zum Mord."

„Auf welcher Grundlage?", rief Westphal. „Das kann doch nicht wahr sein!"

„Das Narkosemittel, das der Täter dem Opfer Andreas Hofer injiziert hatte, stammte aus den Vorräten der Tierärztin."

„Das wussten wir doch bereits gestern Abend", erwiderte Westphal. „Es hatte ja schließlich einen Einbruch in der Praxis gegeben."

„Ja, allerdings ..."

„Was ist mit den Spuren?", fragte Westphal und vermutete bereits das Schlimmste ...

„Die Kollegen von der Schutzpolizei, die den Einbruch aufgenommen haben ...", stammelte Jung.

„Was? Haben die nichts gefunden?“, wollte sie wissen. „Oder haben sie geschludert?“

„Na ja …“

„Was denn nun?“

„Der Einbruch wurde offenbar nicht korrekt aufgenommen. Es liegen angeblich keine Spuren vom Tatort vor. Absolut nichts. Es ist nirgends dokumentiert, dass bei Frau Hofer in der Praxis eingebrochen worden ist.“

„Was ist denn mit den Kollegen, die dort waren?“

„Haben das Protokoll verlegt …“

„Oh Gott!“, rief Westphal. „Was ist da nur los?!“

„Wir werden uns darum kümmern. Vielleicht taucht es ja wieder auf“, entgegnete Jung.

„Und als nächstes vernehmen Sie Frau Bodersen?“, fragte Westphal weiter.

„Ja. Wollte Sie gerade fragen, ob Sie mich begleiten mögen. Sie waren ja beim ersten Mal auch dabei. Schleichert rechnet mit uns.“

„Lässt sich einrichten“, gab Westphal zurück. „Bin nämlich noch im Krankenhaus in Bergen.“

„Wegen Ihrer Tochter?“

„Genau“, antwortete Westphal, ohne weiter auf Marija einzugehen. „Wie geht es übrigens Ihrer Ex-Freundin?“

„Wie bitte?“, fragte Jung.

„Die haben Sie doch neulich im Krankenhaus besucht. Wie geht es ihr?“

„Ach, schon besser. Mittlerweile ist sie wieder draußen.“

Westphal sah aus dem Fenster. In der kahlen Baumkrone zeterten zwei Elstern. „Was ist mit Mark Fibinger?“

„Ähm …“, erwiderte Jung verlegen. „Den vernimmt Hauptkommissar Schleichert gerade in Stralsund.“

„Dann haben Sie ja jetzt wirklich alle drei Angehörigen am Wickel. Nur der Mörder läuft noch frei herum." Westphals Stimme triefte vor Sarkasmus.

„Fibinger ist bis auf weiteres suspendiert und darf die Fachhochschule in Güstrow nicht mehr betreten, bis der Fall geklärt ist. Anordnung aus Schwerin. Von ganz oben."

„Was meinen Sie dazu, Herr Jung?", fragte Westphal.

„Ich muss meinen Dienstanweisungen Folge leisten und das tun, was die Vorgesetzten und die Staatsanwaltschaft mir auftragen", rechtfertigte sich der junge Kommissar.

„Das weiß ich", entgegnete Westphal. „Aber vor allem müssen Sie den Täter ermitteln. Auf welcher Grundlage hat man Fibinger denn letztlich suspendiert? Ihnen ist schon klar, dass man damit ein Präjudiz geschaffen hat?"

„Das wackelige Alibi in der Mordnacht und ...", wollte Jung erklären.

„ ... er war doch auf der Party", unterbrach ihn Westphal. Möglicherweise war Jung sich nicht der Tatsache bewusst, dass die Suspendierung eine Art der Vorverurteilung darstellte, die die Ermittlungen beeinflussen konnte.

„Sein Aufenthalt dort war zu kurz", fuhr Jung fort. „Er hatte rein theoretisch noch genug Zeit, um nach Brandshagen zu fahren und seinen Opa erschießen zu können. Außerdem war er am darauf folgenden Morgen nicht in der Schule. Dazu kommt die Ausbildungswaffe aus der Fachhochschule und das vergessene Handy. Bei Fibinger kommen einfach zu viele Dinge zusammen. Vor allem, wenn man bedenkt, dass der Alte ordentlich was angespart hatte."

Westphal sah, dass Marija aus ihrem Zimmer kam. Sie war bleich und ihre Haare standen in alle Richtungen ab.

„Tun Sie, was Sie tun müssen, Herr Jung“, gab Westphal resigniert zurück. Fibinger gab in der Tat kein gutes Bild ab. Das sah sie ein. Trotzdem ging die Angelegenheit nicht mit rechten Dingen zu. Im wahrsten Sinne des Wortes. „Wann werden Sie Henriette Brodersen vernehmen?“

„Ich wollte jetzt nach Sassnitz fahren“, entgegnete der Kommissar. „Wir können uns auf dem Revier treffen.“

„In Ordnung. Komme in etwa einer Stunde nach. Aber seien Sie vorsichtig mit vorschnellen Verdächtigungen, falls Sie schon ohne mich anfangen sollten. Das kann auch mal in die Hose gehen.“

Westphal legte auf und sah, dass sie eine SMS von Elmar Kaehr aus Schwerin erhalten hatte: „*Bitte melde dich im Laufe des Tages mal bei mir. Wir müssen reden.*“

Marija war inzwischen wieder in ihrem Zimmer verschwunden.

***

Auf der kurzen Fahrt nach Sassnitz grübelte Westphal darüber nach, was Kriminalrat Kaehr wohl von ihr wollte. Sie hatte ohne Erfolg versucht, ihn zu erreichen. Vermutlich hatte es etwas mit der Vereinbarung über die besonderen Aufgaben zu tun. Kurz hinter Bergen sah sie, wie ein Reh auf die Straße sprang und wie angewurzelt stehen blieb. Langsam fuhr sie an dem Tier vorbei. Mit seinen großen, traurigen Augen blickte es direkt zu ihr ins Auto. Als sie vorbei war, hupte sie ein paar Male, aber das Tier blieb einfach still stehen und schaute. Als ob es seinen Lebenswillen aufgegeben hatte und einfach auf den nächsten LKW wartete, um sich überrollen zu lassen.

Die Kollegen im Revier von Sassnitz begegneten Westphal schon länger mit Argwohn. Schließlich waren aufgrund ihrer internen Ermittlungen vor drei Jahren zwei Beamte aus dem Polizeidienst geschieden. Das vergaß man hier nicht so schnell.

„Moin!“, grüßte es trocken hinter dem Tresen hervor, als sie die Dienststelle betrat.

„Moin!“, erwiderte Westphal. Doch ehe sie sich nach Jung erkundigen konnte, kam der schon den Korridor entlang.

„Moin, Frau Westphal!“, begrüßte Jung sie freundlich. Mit einer Geste bedeutete er ihr, dass sie ihm folgen möge. Zügig gingen die beiden in das Verhörzimmer, in dem Henriette Brodersen saß. Und weinte.

„Moin, Frau Brodersen!“

Die Frau antwortete nicht. Hatte Westphal zuvor schon starke Bedenken gegen die Vernehmung der Witwe als Beschuldigte gehabt, so war es ihr jetzt noch klarer. Diese Frau gehörte hier nicht her.

„Beruhigen Sie sich bitte, Frau Brodersen“, bat Westphal sie mit einfühlsamer Stimme und sah fragend zu Kommissar Jung hinüber. Doch der zuckte nur mit den Schultern. Jung war ihr mal als ganz patenter Polizist erschienen. Doch dieses Bild bröckelte. Wie oft kam es zu sinnlosen und überhasteten Festnahmen, nur damit die Polizei der Öffentlichkeit ihre Handlungsfähigkeit demonstrieren konnte? Viele Ermittler hatten nicht die leiseste Ahnung, was sie damit anrichten konnten, dachte Westphal. Zu dem schweren Trauma, einen engen Angehörigen durch einen plötzlichen und gewaltsamen Tod verloren zu haben, kam die Beschuldigung als weiteres hinzu.

„Wo waren wir stehen geblieben?“, sagte Jung. „Ach ja … Sie wollten mir doch erklären, wie die Eibe an das Messer kam, nicht wahr?“

„Ich weiß es nicht“, erwiderte Frau Brodersen schluchzend. „Und ich habe auch keine Ahnung, wie das Messer dorthin gekommen ist, wo Sie es gefunden haben.“

„Wo soll das denn gewesen sein?“, fragte Westphal dazwischen.

„Unter einer kleinen Holzbank am Ende des Grundstücks“, antwortete Jung.

„Sie kannten das Messer?“

„Mein Mann benutzte es für seine Walnüsse“, erklärte sie. „Damit schnitt er die grünen Früchte klein.“

„Er hatte ein extra Messer für diese Arbeit?“

„Ja, die grünen Nüsse sondern einen klebrigen Saft ab, der alles schwarz einfärbt. Ich wollte nicht, dass er eins von meinen Messern nahm.“

Westphal sah in Jungs verschlossenes Gesicht. Sie fragte sich, ob er wirklich davon überzeugt war, die richtige Person zu vernehmen. Es war gut möglich, dass die Vernehmung von Henriette Brodersen nur dazu diente, um den Mörder in die Irre zu führen. Denn zweifelsohne würde es sich in einer kleinen Stadt wie Sassnitz herumsprechen, dass es in allen drei Mordfällen bereits Verdächtige gab. Aber war es wirklich vertretbar, diese Strategie auf Kosten einer Unschuldigen zu fahren?

„Kannte Ihr Mann einen gewissen Heinrich Fibinger aus Brandshagen?“, wollte Westphal plötzlich wissen. Brodersens Gesicht verzog sich zu einer Grimasse.

„Warum wollen Sie das denn wissen?“, fragte sie zurück.

„Kannten die beiden Männer sich?“, wiederholte Jung die Frage. Westphal hörte in seiner Stimme den Ärger darüber, dass sie ihm nicht selbst schon eingefallen war.

„Wenn es ein ganz bestimmter Heinrich Fibinger ist, dann ja“, gab Henriette Brodersen zu.

„Ich denke, in Brandshagen wird es nicht so viele davon geben“, sagte Westphal. „Wie standen die beiden denn zueinander?“

„Sie kannten sich von ganz früher“, antwortete Brodersen. „Sie waren an derselben Schule. Polytechnische Oberschule Stralsund. Später haben sie sich bei der Volkspolizei wiedergetroffen. Und das letzte Mal hatten sie vor sieben oder acht Jahren miteinander zu tun, als …“

„Als?“

„Als mein Mann sich vom Fibinger Geld geliehen hat.“

Westphal und der Kommissar sahen sich an. In Jungs Augen lag ein vielsagendes Glitzern. Es war nicht zu übersehen, dass er die Aussage als Bestätigung verstand.

„Wie viel?“

„Eine große Summe“, gab Brodersen zurück. „Vierzigtausend Euro.“

„Und zu welchem Zweck?“

„Er wollte die Gaststätte im alten Kino *Lichtspiele* wiedereröffnen.“

„Das Kino auf der Ecke?“, fragte Jung zurück und deutete mit dem Daumen über seine Schulter. Das verwaiste Lichtspielhaus stand keine dreihundert Meter Luftlinie von dem Verhörzimmer entfernt.

„Ja. Ich glaube, ihm kam diese Idee, weil ich ja auch mein Geschäft hatte. Er bekam mit, dass ich mit den Vermietungen gutes Geld verdiente“, erklärte Frau Brodersen, „und wollte etwas Eigenes auf die Beine stellen.“

„Und Sie wollten ihm das Geld nicht geben?“, fragte Westphal.

„Nein“, sagte Brodersen ohne weitere Erklärung. Ihr eingefrorenes Gesicht hätte diese Antwort nicht besser untermauern können.

„Und dabei hatte er Ihnen doch das Haus überschrieben …“, bemerkte Jung.

„Ja, aber das war lange davor gewesen“, entgegnete sie. „Außerdem hat das nichts miteinander zu tun. Ich verleihe keine vierzigtausend Euro an so jemanden. Dazu kannte ich meinen Mann einfach zu gut. Bei dem ging immer etwas schief. Und das tat es ja dann auch in diesem Fall.“

„Ihr Mann wollte das Gebäude kaufen?“

„Nein“, antwortete Brodersen. „Das heißt, ursprünglich wohl schon, bis er dann rausgekriegt hat, dass eine Immobilienfirma einen Riesenhaufen Geld dafür haben wollte. Dann wollten sie es nur noch pachten.“

„Hatte Ihr Mann einen Partner?“

„Er hatte vor, es mit dem Peter zu machen. Der war ein ganz ordentlicher Kerl. Zuverlässig, fleißig und intelligent. Er wollte mit den Besitzern einen guten Pachtvertrag aushandeln. Bis zu dem Punkt waren sie schon gekommen.“

„Und was passierte dann?“

„Na ja, die Verhandlungen haben sich ewig in die Länge gezogen und dann …“, sagte sie und ihre Stimme stockte, „ist der Peter bei einem Badeunfall in Ueckermünde verunglückt.“

„Im Bodden?“, fragte Westphal.

„Ja, er bekam einen Herzinfarkt, als er ganz allein und weit draußen durch das Wasser watete“, erklärte die Witwe. „Von da an ging es bergab mit der Restauranteröffnung. Hermann tat sich mit den falschen Leuten zusammen und verlor viel Geld. In weniger als einem Jahr hatte er die vierzigtausend rumgebracht. Einfach verplempert.“

„Und blieb Heinrich Fibinger das Geld schuldig“, stellte Westphal fest.

„Ja“, erwiderte Brodersen traurig.

„Wie hat denn der Fibinger darauf reagiert, als er erfahren hatte, dass Hermann Brodersen das Geld verbrannt hatte?“, wollte Jung wissen.

„Das kann ich Ihnen nicht sagen. Auf mich machte es immer den Eindruck, als scherte es ihn nicht.“

„Ihn vielleicht nicht, aber bestimmt seine Enkel …“, murmelte Jung.

Kapitel 10

Westphal saß in ihrem Wagen. Kahle Bäume in schwarzweiß flogen an ihr vorbei. Der Himmel lag grau und schwer über der Insel. Sie merkte, wie vereinzelte Windböen das Auto von der Fahrbahn herunterdrücken wollten. Das Display ihres Smartphones leuchtete auf. Es war Kaehr.

„Moin!"

„Bist du schon unterwegs?"

„Ja. Zu Fibingers Vernehmung."

„Es ist dein Schüler. Du kommst am besten an ihn heran."

„Auch, wenn ich noch gar nicht so lange an der Schule bin?"

„Trotzdem hast du bereits eine Beziehung zu dem Jungen. Schleichert hat die nicht. Und so, wie er sich anstellt, wird er sie auch nicht aufbauen."

„Worum geht es?"

„Es geht genau darum", erklärte Kaehr. „Du steckst schon wieder mitten in LKA-Ermittlungen."

„Aber dafür habe ich doch diese Dienstersatzvereinbarung unterzeichnet", entgegnete Westphal.

„Es gibt trotzdem einen Staatsanwalt in Stralsund, dem es nicht gefällt, dass eine Kriminalrätin a.D., die sich eigentlich mit anderen Aufgaben hat betrauen lassen, plötzlich wieder zu einer Ermittlungsperson wird."

„Ob es ihm gefällt oder nicht, kann uns egal sein, denn es ist rechtens."

„Das ist korrekt. Trotzdem sammelt er Informationen gegen uns …“, antwortete Kaehr.

„Ach, echt? Also doch so schlimm.“

„Es gibt da ein paar Leute, denen meine Visage nicht passt. Sie torpedieren seit Monaten alles, was ich anfasse. Dadurch, dass ich dich in die Ermittlungen einbeziehe, mache ich mich aus deren Sicht angreifbar“

„Kann mir nicht vorstellen, dass dir das Sorgen bereitet.“

„Nein, das tut es nicht. Trotzdem musst du ein paar Sachen wissen. Nur für den Fall.“

„Das wäre …?“

„Jung spielt auf deren Seite.“

Westphal musste schlucken. Das hatte gesessen. „Mein allerliebster Kommissar Jung?“

„Ja, ich weiß, dass du ihn magst, aber du musst dich daran gewöhnen, ihm nicht mehr vollumfänglich vertrauen zu können.“

„Ach nö!“

„Du hast mir doch neulich erzählt, dass du ihm im Krankenhaus begegnet seist, nicht wahr?“, fragte Kaehr.

„Ja, seine Ex …“, erwiderte Westphal.

„ … soll dort eine OP gehabt haben“, unterbrach Kaehr sie. „Ich habe es überprüft. An dem Tag hat es genau fünf Operationen im Krankenhaus Bergen gegeben. Darunter drei Männer und zwei Frauen über siebzig, von denen ich keine für Jungs Ex halte. Er hat dich angelogen.“

„Verstehe ich nicht.“

„Er war da, um dich zu kontrollieren.“

„Was?“, rief Westphal erstaunt aus.

„Wir müssen aufpassen. Eine frei fliegende Ex-Kriminalrätin, die mal als wissenschaftliche Gutachterin, mal als Supervisorin bei Ermittlungen auftaucht, kann extrem verunsichernd sein. Vor allem, wenn sie als verlängerter Arm von Elmar Kaehr gilt. Noch bin ich der Chef des Dezernats für interne Ermittlungen."

„Verstehe", gab Westphal zurück. „Aber was heißt das jetzt?"

„Möglicherweise werde ich deine Dienstersatzvereinbarung noch einmal abändern müssen, aber ansonsten heißt das, dass du weitermachst wie bisher. Halt ein wenig vorsichtiger. Wir haben einen Polizeischüler, der des Mordes verdächtigt wird. Wir brauchen dich einfach, da du Dozentin an der Fachhochschule bist. Das wird letztlich auch kein Staatsanwalt bestreiten wollen."

„Das will ich doch auch mal meinen", entgegnete sie. „Und diese andere Sache?"

„Meine Freunde vom Ordnungsamt?", fragte Kaehr zurück.

„Hast du mit ihnen gesprochen?", wollte Westphal wissen.

„Habe ich dir jemals einen Gefallen verwehrt?"

***

Westphal parkte in der Ringstraße in Bergen, keine zwanzig Meter von dem Haus entfernt, wo sie die gestrige Nacht verbracht hatte. Die Erinnerung an die Begegnung mit Baumann verursachte ihr einen kalten Schauer. Westphal musste sich schütteln. Sie hatte einen ganz konkreten Verdacht gegen diesen Baumann. Und sie war nicht gewillt, den einfach so stehen zu lassen.

„Da sind sie ja", sagte sie zu sich selbst und stieg aus.

Die Beamten vom Ordnungsamt hatten ihren Wagen auf dem Gehweg abgestellt, direkt vor Baumanns Haus.

Erst als sie Westphal herankommen sahen, stiegen sie auch aus.

„Moin, Frau Kriminalrätin!“

„Moin, die Herren!“

„Kuhne mein Name. Das ist Herr Römer.“

„Ich denke, wir sind uns schon mal begegnet.“

„Ja, ist aber schon etwas her“, antwortete Kuhne. „Wollen wir?“

„Ja, lassen Sie uns keine Zeit verlieren“, erwiderte Westphal und ging auf die Tür des Hauses zu. Doch sie war kaum drei Schritte weit gegangen, als sich das gelbe Gesicht Baumanns in einem der Fenster zeigte.

„Ist er das?“, fragte Römer.

„Jawohl. Das ist der Eigentümer.“

Noch bevor einer der drei die Klingel betätigen konnte, öffnete sich die Haustür. Der Kugelbauch im Unterhemd kam zum Vorschein. Baumann grinste. Er wusste nicht, was ihn erwartete. „Moin, Frau Kommissarin!“

„Sie sind Herr Jürgen Baumann?“, sprach Römer ihn an. Westphal schwieg.

„Aber wer sind Sie?“, fragte Baumann zurück.

„Ordnungsamt“, fuhr Kuhne ihn an. „Wir würden gerne Ihre Gewerbepapiere überprüfen.“

„Was?“ Baumann lachte laut und rieb sich den Bauch.

„Für die Zimmervermietung, die Sie hier betreiben.“

„Lächerlich!“, rief er an Westphal gerichtet. „Habe ich das Ihnen zu verdanken? Ist das Ihr ganz persönliches Dankeschön dafür, dass ich Sie mitten in der Nacht noch untergebracht habe?“

Westphal schwieg weiter.

„Wir würden gerne Ihre Papiere sehen?“, sagte Römer. „Und wenn es geht, auch Ihr Haus.“

„Sie können jemand anderes für dumm verkaufen, aber nicht mich“, erwiderte Baumann. „Ich lasse Sie doch nicht in mein Haus!“

„Das müssen Sie auch nicht“, antwortete Kuhne. „Aber dann können Sie sicher sein, dass wir mit einem Durchsuchungsbeschluss zurückkommen.“

„Wegen eines vermieteten Zimmers?“, fragte Baumann ungläubig.

„Wissen Sie, wie viel Steuern der Kommune entgehen, weil Leute illegal vermieten?“, fragte Römer zurück.

„Wussten Sie, dass es kaum noch bezahlbaren Wohnraum für die normale Bevölkerung auf Rügen gibt, weil die Menschen lieber an Touristen vermieten?“, fragte Kuhne weiter.

„Das müssen Sie mir nicht erzählen! Ich lebe bereits mein ganzes Leben hier. Hören Sie mal!“ rief Baumann. Das schmierige Grinsen war Empörung gewichen.

„Dürfen wir nun hinein, oder nicht?“, fragte Römer.

„Meinetwegen“, erwiderte Baumann. „Die Mühe machen Sie sich aber umsonst. Meine Papiere sind in Ordnung. Aber die Kollegin von der Kripo kann schön draußen bleiben. Ich kenne meine Rechte.“

„Wie Sie meinen“, erwiderte Kuhne.

Langsam öffnete Baumann die Tür, um die Beamten vom Ordnungsamt in sein Haus zu lassen. Er warf Westphal ein kaltes Grinsen zu. Ihr Gesicht war wie versteinert.

Wenn der wüsste …

Kapitel 11

Ein paar Stunden später fuhr Westphal die Merkelstraße in Sassnitz hinauf. Kaehrs Stimme klang über die Fernsprechanlage.

„Und, wie lief die Sache in Bergen?“

„Ich bin mit dem Ordnungsamt hin und Baumann hat sie in sein Haus gelassen. Mich allerdings nicht. Schade, ich hätte gern selber nachgesehen“, erwiderte Westphal.

„Und Baumann hatte absolut keinen Schimmer, worum es wirklich ging?“, wollte Kaehr wissen.

„Nein. Und rechtlich scheint der ehemalige NVA-Soldat auch nicht auf der Höhe zu sein. Nachdem die Kollegen ihn mit ihrer Entdeckung konfrontiert hatten, verwies er sie des Hauses und rief ihnen noch hinterher, dass sie gar nicht befugt gewesen seien, sein Haus zu durchsuchen.“

„Ach, ehrlich? Selbst schuld, wenn er sie hineinlässt.“

„Genauso sehe ich das auch. Als später dann die Kollegen von der Kripo bei ihm eintrafen, behauptete er, das Ordnungsamt habe unter einem falschen Vorwand Ermittlungen gegen ihn angestellt. Das sei illegal gewesen.“ Westphal konnte sich ein Kichern nicht verkneifen. „Tja! Pech gehabt.“

„Vielleicht kann sein Anwalt das Gericht mit dieser Interpretation überzeugen“, gab Kaehr zurück. „Wenn es nicht so widerwärtig wäre, dann müsste ich darüber lachen. Haben sie nur die Kamera gefunden oder auch die Aufnahmen?“

„Bis jetzt nur die Kamera“, erklärte Westphal. „Sie hing wohl genau dort, wo ich sie vermutet hatte.“

„Scheiße! Ist vielleicht schon im Netz."

„Ach, das findet sich schon", gab Westphal. „Und weiß du was? Mit ein paar Stunden Abstand muss ich sagen, dass mir die armen Wichte leidtun, die sich solche Sachen ansehen. Wie viele illegale Aufnahmen von Frauen gibt es im Netz? Hunderttausende? Millionen?"

„Weißt du schon, wieso ausgerechnet der Chefarzt dich an diesen Perversen weiterempfohlen hat?", fragte Kaehr.

„Ich denke nicht, dass Doktor Börnemann etwas davon wusste", entgegnete Westphal. „Aber ich habe eine Vermutung, was die Verbindung zwischen den beiden angeht."

„Und?"

„Ach, das ist noch zu hypothetisch", wiegelte Westphal ab. „Ich werde mich mal ein wenig umhören und lasse es dich wissen, wenn ich etwas Handfestes habe."

„Wie du willst", erwiderte Kaehr. „Du, Lydia, ich muss auflegen. Pressetermin."

„Ich auch, Elmar. Tschüss!"

„Mach es gut!"

Unterdessen hatte Westphal eingeparkt. Sie nahm ihre Tasche, stieg aus und ging zur Haustür des Hauses Am Alten Kreidebruch. Florian wartete bereits auf sie. Westphal wusste nicht, wieso sie seine spontane Einladung zum Abendessen angenommen hatte. Eigentlich war sie erschöpft und wollte nur nach Hause. Aber da war dieses Gefühl, das ihr sagte, dass es das Richtige war.

„Moin!"

„Hallo, Florian!"

„Wie geht es dir?"

„Ach, es ging schon besser. Aber das erzähle ich dir drinnen."

„Schön, dass du noch gekommen bist."

„Ja …", gab Lydia zurück.

„Es gibt Pasta mit frischem Lachs", sagte Florian, kaum hatte sie die Wohnung betreten.

„Lecker! Aber du hättest dir echt keine Mühe machen müssen."

„Tue ich doch gerne", sagte Florian. „Setz dich schon mal."

Lydia nahm an dem gedeckten Tisch Platz. Ihr entging nicht die geöffnete Flasche Weißburgunder.

„Viel zu tun?", rief Florian aus der Küche, während er die Nudeln ins kochende Wasser gab.

„Ja, geht so."

„Bleibst du jetzt an der Schule, oder nicht?", fragte Florian. „Man hört ja so allerhand."

„Was denn?", fragte Lydia zurück. „Und von wem?"

„Die Kollegen erzählen, dass du in aktuelle Ermittlungen eingebunden bist."

„Wer erzählt das?"

„Ach, weiß nicht. Der Rosizky hat neulich was erwähnt."

„Mmh …"

„Musst du ja auch nicht darüber sprechen. Passt schon", sagte Florian und griff nach dem Weißwein. „Einen Schluck?"

„Einen kleinen. Muss ja noch nach Hause kommen", entgegnete Lydia und lächelte ungewollt geheimnisvoll. „Wie war es heute?"

„Ach, ging. Wie immer …"

„Macht es dir keinen Spaß mehr?"

„Nicht mehr so viel wie am Anfang."

„Wie hat es dich eigentlich an eine Polizeifachhochschule verschlagen? Keine Lust auf normale Schüler?"

„Ach, das war Zufall. Eine Bekannte hatte mich damals in Rostock angesprochen, ob ich mir das vorstellen könne.“

„Hast du nicht auch einen Doktor in Geschichte?“, wollte Westphal wissen. „Hat jemand im Kollegium mal erwähnt …“

„Ehrlich gesagt, nein. Ich habe die Promotion abgebrochen. Und dann kam gleich das Angebot von der Fachhochschule. Ich fand es spannend und habe zugesagt.“

„Was war dein Promotionsthema?“

„Der Übergang von der Volks- zur Landespolizei am Beispiel eines Rostocker Reviers“, sagte Florian fast entschuldigend. „Klingt jetzt vielleicht etwas trocken.“

„Echt?! Das ist doch total aufregend“, sagte Lydia. „Für mich ist das alles immer noch ein großes Fragezeichen. Aber wehe, ich frage mal danach. Dann heißt es immer gleich, die besserwisserische Wessi-Tante kommt daher und will uns belehren.“

„Das kann ich mir denken.“

„Und? Was hast du so herausgefunden?“

„Ach, nicht sonderlich viel. Sonst hätte ich ja nicht abgebrochen. War nicht so leicht. Es mangelte vor allem an Dokumenten. Sind erstaunlich viele Akten verschwunden …“

„Spielten Zeitzeugen auch eine Rolle?“

„Grundsätzlich ja, war aber auch schwierig. Entweder sie wollten nicht über die Zeit sprechen oder aber sie erfanden ganz offensichtlich Sachen hinzu. Du glaubst nicht, was es in den Behörden für Schweigekartelle gab und immer noch gibt. Über alle Parteigrenzen hinweg.“

„So eine leichte Ahnung davon habe ich schon. Lebe und arbeite ja lange genug in der Region“, antwortete Westphal.

Während Florian wieder in der Küche verschwand, überlegte sich Westphal, wie sie ihn weiter zu seiner Doktorarbeit befragen konnte. Sie wollte ihm weder das Gefühl geben, dass sie nur seiner Sachkenntnisse wegen da sei, noch konnte sie Details der Ermittlungen preisgeben.

„Essen ist fertig", rief Florian plötzlich und kam mit zwei dampfenden Tellern in das Wohnzimmer. Westphal blickte auf ihr Weinglas. Ihr fiel auf, dass es schon leer war, bevor sie überhaupt zu essen angefangen hatte …

Kapitel 12

Henriette Brodersen blickte aus dem Küchenfenster. In der Ferne sah sie das Meer glänzen. Es war heute fast von der gleichen blauen Farbe wie der Schriftzug des Rügen-Hotels, das so von ihr aus aussah wie ein viereckiger Fels. Dann wanderte ihr Blick zu der Eibe. Immergrün und unbeschnitten gedieh sie auf dem Brachfeld, das an ihr Grundstück angrenzte. Der Wasserkocher bollerte im Hintergrund. Sie drehte sich zu ihrem Sohn um.

„Es geht mir nicht sehr gut. Siehst du das nicht, Max?", sagte sie zu ihm.

„Hat mich mal all die Jahre jemand gefragt, ob es mir gut geht?", gab Max Brodersen trotzig zurück.

„Aber, nun ist er doch tot."

„Ja, und das verschafft mir eine unglaubliche Erleichterung. Endlich frei atmen", rief Max Brodersen. „Hätte nicht gedacht, wie gut es sich anfühlt, wenn der Alte nicht mehr ist."

„Für mich ist es nicht gut, Max", gab Frau Brodersen zurück. „Ganz und gar nicht."

„Du hast dich doch zu seinen Lebzeiten auch nur beschwert", wandte Max Brodersen ein. „Außerdem hat er dich wie Dreck behandelt."

„Aber nicht zuletzt", widersprach die Witwe. „Da hatten wir ja kaum noch Kontakt."

„Na, also, was hast du dann?", wollte ihr Sohn wissen.

„Die Polizei hat mich heute vernommen, Max", sagte sie. Ihre Stimme zitterte. „Verstehst du das? Mehrere

Kommissare haben mich ausgefragt. Sie haben mich wie eine Mörderin behandelt. Es war schrecklich."

„Das vergeht schon wieder, Mama", beruhigte er sie.

„Eben nicht!", rief Frau Brodersen. „Du weißt doch, wie die Leute sind. Wenn der Kommissar Findeisen es seiner Frau weitererzählt, weiß es bald ganz Sassnitz."

„Erstens ist der Findeisen kein Kommissar, sondern Hauptwachtmeister bei der Schutzpolizei und somit gar nicht für Mordermittlungen zuständig. Und zweitens hat er eine Schweigepflicht", sagte Max mit schlecht gespielter Überzeugung.

Ihm war klar, dass jeder einzelne aus dem Revier es zuhause erzählen würde. Die vielbeschworene norddeutsche Schweigsamkeit hörte spätestens dann auf, wenn es den Schaden von anderen Leuten zu betratschen gab. Der Tod seines Vaters war bereits in aller Munde und der mehrstündige Aufenthalt seiner Mutter auf dem Sassnitzer Revier ebenso. Sogar bis zu Max war es bereits durchgedrungen, dass der erste Verdacht auf seine Mutter gefallen war. Und dabei lebte er nicht mal in der Stadt.

„Für dich ändert sich doch nichts", sagte Max und grinste.

„Doch, Max! Aber das versteht ihr nicht", widersprach seine Mutter erneut. „Für euch jungen Leute ist immer alles so einfach. Euch ist es gleich, was die anderen Menschen denken. Aber mir nicht. Ich bin auf meine sozialen Kontakte angewiesen. Werden ja auch nicht gerade mehr mit dem Alter. Ich kann hier nicht mehr weg. Frau Dresen und Frau Günzel haben mich heute bereits geschnitten. Als ich ihnen in der Einkaufspassage entgegenkommen bin, haben sie so getan, als würden sie mich nicht sehen. Das hat noch nie jemand mit mir gemacht, Max!"

„Ach, komm!“, beschwichtigte der Sohn sie, stand auf und nahm seine Mütze. „Das kam dir bestimmt nur so vor. Die haben dich einfach nicht gesehen.“

Langsam gingen die beiden zur Tür, die von der Küche direkt in den Garten führte. Max öffnete sie und trat auf die Schwelle. Als er sich umdrehte, sah er, dass seine Mutter Tränen in den Augen hatte.

„Nun, komm schon!“, wollte er sie trösten. Ein schwacher Versuch.

„Was soll das heißen, Max? Es läuft ein Mörder hier frei herum. Was ist, wenn er wiederkommt und mich auch holt?“

„Also, es steht ja noch nicht einmal fest, ob es wirklich Mord war. Und außerdem wollte der Mörder den Alten und nicht dich. Glaubst du das nicht auch?“

„Ich frage mich, wer …“, sagte Frau Brodersen schluchzend.

„Ich könnte dir auf Anhieb ein paar Leute aufzählen, die dem Alten die Pest an den Hals gewünscht haben“, gab Max mit zynischem Unterton zurück.

„Trotzdem“, antwortete Henriette Brodersen. „Reden kann jeder, aber wirklich jemanden umbringen? Ich habe Angst … nicht nur um mich … sondern auch um dich.“

„Jetzt fang bitte nicht damit an!“, fuhr ihr Max ins Wort und setzte einen Fuß auf die erste Stufe der kleinen Treppe. „Ich mach mich mal vom Acker.“

„Gehst du wieder zu Fuß?“, wollte sie wissen.

„Weißt doch, dass ich gerne laufe“, rief Max. „Melde mich bei dir.“

„Tschüss!“

„Mach es gut, Mutter!“

Die Verabschiedung ohne Kuss und Umarmung war das Letzte, was Henriette Brodersen von ihrem Sohn mitbekam. Langsam stieg auch sie die Stufen hinab, bis sie in Hausschuhen auf dem feuchten Rasen stand. Sie sah nach links zu den Nachbarn hinüber. *Niemand da.* Sie sah nur diese gruselige Skulptur. Eine auf Mannshöhe abgesägte Kiefer, der der Nachbar ein Gesicht aus Blech eingeschlagen hatte. Augen, Mund mit Bart, Ohren und eine riesige Nase. Oben drauf hatte er einen überdimensionalen Zylinderhut gesetzt. Henriette Brodersen und ihr Mann hatten sich immer gefragt, wieso dieser Kiefermann mit Hut leicht in ihre Richtung schaute. Was wollte der Nachbar ihnen damit sagen? Dass er sie im Blick hatte? Oder hatte er sich schlicht vertan und das Gesicht falsch angenagelt?

„Egal“, murmelte Henriette Brodersen und drehte den Kopf langsam gen Norden, gen Küste, gen Brachland. Dort stand die Eibe. Dann blickte sie an sich hinab. Sie fror nicht, obwohl sie die Strickjacke offengelassen hatte. Brüste und Bauch zeichneten sich unter dem T-Shirt ab. Ihr Blick langte an ihrer Hand an. Dort ruhte das Gemüsemesser. Es war das erste Mal, dass sie es mit in den Garten nahm. Küchenmesser kamen bei ihr nie in den Garten. Bei ihrem Mann vielleicht, aber nicht bei ihr. Warum brach sie die Regel heute?

„Los!“, sprach sie und ging auf die Eibe zu. Das Schneiden ging ganz einfach. Ihre Faust umschloss die Eibenzweige wie eine Waffe. Sie schaute kurz nach links zu den Nachbarn. *Niemand da.* Die Sichtachse des Kiefermannes verlief zwanzig Meter von ihr entfernt. Niemand sah nach ihr, auch kein abgesägter Baum. Sie legte den Kopf in den Nacken und blickte ein letztes Mal in den Himmel. Wäre es nicht schön gewesen, das Meer noch ein letztes Mal gesehen zu haben? *Blödsinn!* Sie hatte ja es oft genug gesehen.

Gierig stopfte sie sich das Grünzeug in den Mund und begann zu kauen. Ihre Zähne mahlten, als würde es um ihr Leben gehen. Als ob die bitteren Nadeln die Medizin wären, die sie von einem langen Leiden erlösen würde. *Endlich …*

Kapitel 13

Hauptkommissar Schleichert rieb sich die Halbglatze, während er angestrengt in die Auslage des Stadtcafés Sassnitz starrte.

„Dann nehme ich … einen Pott Kaffee und … ein Heringsbrötchen“, sagte er und sah so ernst zu der Frau hinter dem Tresen, dass diese annehmen musste, es sei das erste Mal, dass dieser Mann in der Öffentlichkeit auftrat. Und dabei kam er seit einer Woche jeden Morgen. Jung steuerte auf einen freien Tisch zu.

„Wenn du jeden Tag zum Bäcker gehst, dann wird es irgendwann schwierig“, sagte Schleichert leise, als er sich hinsetzte.

„Ja“, gab Jung zurück und biss in sein Laugenbrötchen mit Käsebelag. Ihm schien das Problem weniger bewusst zu sein als seinem Chef.

„Das passt mir alles nicht“, fing Schleichert an zu meckern. „Den Fibinger hätten wir mal schön drinnen lassen sollen.“

„Ist dumm gelaufen“, entgegnete Jung. „Da muss ich dir Recht geben.“

„Und dabei hatten wir so viel in der Hand“, fuhr Schleichert fort. „Die gestohlene Pistole aus Güstrow, der zu kurze Partyaufenthalt, das Fehlen in der Schule am Morgen nach der Tat …“

„Na ja, der letzte Punkt sich ja nun aufgeklärt“, sagte Jung. „Meinst du, der andere Kollege kriegt deswegen Ärger?“

„Die kriegen beide Ärger", zischte Schleichert. Es kostete ihn Mühe, nicht die Beherrschung zu verlieren. „Fibinger dafür, dass er für den anderen gepisst hat, und der andere Heini dafür, dass er bekifft war."

„Entlassungsgrund?", hakte Jung nach.

„Für Fibinger?", gab der Hauptkommissar zurück. „Das wird sich zeigen. Man wird es ihm als Kameradschaftlichkeit auslegen. Steht hoch im Kurs. Könnte sein, dass er mit einem blauen Auge davonkommt. Zumal der andere Kollege ja nicht wusste, dass man ihm Haschkuchen untergejubelt hatte. Er war ja eigentlich unschuldig. Zwei Dumme hatten eben Pech."

„Aber hältst du diese Version für plausibel?"

„Klar, der Kollege wurde spontan zum Routinetest gerufen und wusste, dass sie da den Haschkonsum feststellen würden und hat in seiner Verzweiflung Fibinger gefragt, ob er für ihn pinkeln würde. Und da Fibinger an der Schule keine Freunde hat, hat er es gemacht …"

„ … und dafür sogar auf den Unterrichtsbesuch verzichtet", fuhr Jung fort. „Die Westphal hat mir gegenüber auch mal angedeutet, dass der Fibinger gemobbt wird. Zumindest soll er an der FH nicht sonderlich beliebt sein."

„Ach, weißt du", erwiderte Schleichert. „Ich will jetzt nicht den Fibinger verteidigen, aber Mobbing muss nicht immer eine Ursache haben. Manchmal erwischt es einen einfach …"

Jung sah in das nachdenkliche Gesicht Schleicherts. Er hatte die spontane Vermutung, dass der Hauptkommissar selbst Erfahrung mit Mobbing gemacht hatte.

„Was die Westphal angeht …", fuhr Schleichert leise fort und sah sich um. „Ich weiß ja nicht, wie du das siehst, Herr Kollege, aber … mir gefällt es nicht, dass sie uns auf die Pfoten glotzt. Ich will in Ruhe meine Arbeit machen dürfen. Es macht mich einfach nervös, wenn ständig jemand hinter mir steht und mich kontrolliert."

„Stimmt schon", erwiderte Jung etwas desinteressiert.

„Kann ich mich auf dich verlassen?", fragte Schleichert.

„Was meinst du?"

„Ich erwarte, dass du auf meiner Seite stehst", sagte Schleichert.

„Na klar. Mir ist die Westphal egal. Ist doch jetzt sowieso an der Schule."

„Das habe ich auch gedacht. Aber dieser Kaehr will sie wohl wieder als Supervisorin installieren. Ich finde, dass die da oben erst mal schauen sollen, dass wir genug Personal und eine anständige Bezahlung haben. Dann kann man auch mit Evaluation und Supervision und dem ganzen Kram um die Ecke kommen."

„Wann ist eigentlich der Pressetermin?", wechselte Jung das Thema.

„Muss gleich los", erwiderte Schleichert und stopfte sich mit den Fingern beider Hände gewaltsam den Rest seines Brötchens in den Mund.

***

Lydia lag auf dem Rücken und starrte an die Decke, als es an der Tür klopfte.

„Ja?", rief sie. Daraufhin steckte Florian den Kopf zur Wohnzimmertür herein.

„Moin! Ich muss was holen", sagte er leise. „Darf ich?"

„Moin", entgegnete Westphal. „Tu dir keinen Zwang an."

„Gut geschlafen?", fragte Florian, ohne sie anzusehen. Er trat an das große Bücherregal heran und ließ seine Finger über die Buchrücken gleiten.

„Ging so", gab Lydia zurück. In Wirklichkeit hatte sie fast kein Auge zugemacht. Wäre wohl doch besser gewesen, nach Hause zu fahren. Es waren einfach zu viele Dinge passiert in letzter Zeit.

„Ärgerlich. Hättest ja auch mein Bett haben können", sagte Florian mit einem Schmunzeln.

„Jetzt ist es leider zu spät", gab Lydia zurück und wunderte sich sogleich über sich selbst. Wieso *leider*? Hatte sie ihm gerade ein verstecktes Angebot gemacht? „Ich meinte ..."

„Frühstück?", unterbrach Florian sie.

„Gerne."

Als sich abgezeichnet hatte, dass Westphal gern mehr als ein Glas Wein trinken würde, hatte Florian ihr den Schlafplatz angeboten. Er hatte ihr die Wahl gelassen zwischen seinem Bett und dem Sofa. Sie hatte sich für letzteres entschieden. Schließlich hatte darauf nur eine Person Platz. Das war sicherer ... Wieso hatte sie diese Sicherheit gebraucht? Sie hatte da so eine Ahnung.

„Morgens auch Tee?", rief Florian aus der Küche.

„Ja, gerne", rief Lydia. „Ich geh mal duschen."

„Habe dir ein Handtuch hingelegt."

„Danke."

Lydia stand auf, sah sich verstohlen um und streifte sich hastig Hose und Bluse über. Wo war wohl Kai gerade? Dann spurtete sie ins Bad. Kai hatte sich fast den ganzen Abend in sein Zimmer zurückgezogen. Nur ganz kurz hatte er sich gezeigt, um sie zu begrüßen. Ein deutliches Zeichen der Zuneigung, hatte Florian ihr später gesteckt.

„Wo ist Kai?", fragte sie ihn, als sie in die Küche kam.

„Der pennt noch."

„Muss er nicht aufstehen?"

„Nein“, antwortete Florian und schmunzelte. „Sonst hätten wir das Frühstück ja nicht für uns allein.“

„Ach so. Auch gut“, entgegnete Lydia und sah Florian in die Augen. Wieso kam er ihr heute so entspannt vor? War er attraktiver geworden? Wenn ja, was bedeutete das?

Dann sah sie, dass Kommissar Jung ihr geschrieben hatte.

***

Baumann, Seefeldt und Manne saßen in ihrem neuen Vorratsraum auf dem Dänholm und rauchten. Heute hatten sie die Lüftung gereinigt und die Wasservorräte aufgestockt.

„Wir haben auf Dänholm jetzt an zwei verschiedenen Stellen Wasser“, sagte Manne. „Und es gibt mindestens noch einen Brunnen, den man im Notfall aktivieren kann.“

„Das sollte genug sein“, erwiderte Seefeldt.

„Hast du eine Ahnung!“, protestierte Baumann. „Wenn Manne seine Sippe herschafft, dann wird es knapp.“

„Der Brunnen ist tief. Keine Sorge“, beschwichtigte ihn Manne. „Was ist eigentlich mit deiner Tussi? Du hattest doch mal eine, oder?“

„Ist Schluss“, gab Baumann zurück. „Mein Alter hat sie mal erschreckt, als sie in Bergen zu Besuch war. Die wollte nie wieder was mit mir zu tun haben.“

„Hast du sie wenigstens gefickt?“, wollte Manne wissen.

„Nee, sie wollte nicht“, erwiderte Baumann und verzog seinen Mund zu einer bitteren Grimasse. Seine dünnen Lippen spannten sich wie blasse Regenwürmer im Todeskampf. Ihm wurde schlecht, als er an sein unfreiwilliges

Zölibat dachte. Wie eine lächerliche Zirkusfigur war er sich vorgekommen, als seine Freundin ihn endgültig abgeschossen hatte. Und daran war *nicht* sein Vater schuld gewesen. Das wusste er auch. Mit weit aufgerissenen Augen hatte sie ihm ihre spitzen Ellenbogen gegen das Herz gerammt, als er sie zum Abschied noch einmal hatte umarmen wollen. Aber zumindest hatte er im Gegensatz zu Seefeldt schon mal eine Freundin gehabt. Seefeldt war noch ärmer dran als er.

„Krass!", stieß Seefeldt hervor, obwohl er die Geschichte eigentlich schon kannte. Das Wort ebbte langsam auf seinem bleichen Doppelkinn ab. Seine Augen rollten nervös.

„Ach, schon O.K. Mir war sie egal. Hätte auf Dauer eh nicht gepasst", gab Baumann zurück.

„Habt ihr von dieser neuen Krankheit gehört?", fragte Seefeldt.

„Ja, ich habe den ganzen Abend Videos auf Youtube geschaut. Das wird krass. Das sage ich euch. Die verheimlichen uns das Meiste."

„Ein Grund mehr, warum wir uns nicht nur um Wasservorräte, sondern auch um Waffen kümmern sollten. Wenn es soweit ist, müssen wir imstande sein, die Insel zu verteidigen. Hier darf keiner rauf."

„Meiner Meinung nach haben die Amis diese Krankheit erfunden, um die Chinesen anzugreifen", sagte Seefeldt und kratzte sich am Bauch. In der Fachhochschule musste er regelmäßig darum bangen, dass er die Fitnesstests bestand. Er durfte auf keinen Fall weiter zunehmen.

„Das ist nicht nur deine Meinung, das steht ja wohl längst fest", gab Baumann zurück. „Die haben herausgefunden, dass ein Labor in Israel dahinter steckt. Dort haben sie ja auch bereits den Impfstoff parat. Warten damit aber noch, bis sie ihn endlich rausrücken."

„Die nehmen alles in Kauf."

„Stimmt!", pflichtete ihm Seefeldt bei. „Haben die nicht auch AIDS erfunden?"

„Das sind Programme zur biologischen Kriegsführung", schimpfte Baumann weiter. Dabei schlug er seine Knie immer wieder nervös gegeneinander. Die Männer hatten sich in Rage geredet.

„Einsteins Relativitätslüge, die Quantenmechanik, die Bellsche Ungleichung, unbekannte lokale Variablen, alles Bullshit!", fuhr Manne fort.

„Kennst dich ja richtig aus", sagte Seefeldt. „Warst gut in Physik, wat?"

„Man muss sich nicht in Physik auskennen, um zu verstehen, dass Einstein ein Spinner war", ätzte Manne. „Außerdem gab es im Osten wenigstens noch ordentlichen Physikunterricht. Heute haben sie nicht mal richtige Lehrer an den Schulen. Ich sehe es doch bei meiner Kleinen. Die spielt jeden dieser dahergelaufenen Quereinsteiger locker an die Wand. Lächerlich!"

„Die gleiche Scheiße mit den Chemikalien, die sie über uns auskippen", fuhr Baumann fort. Er hatte offenbar noch nicht genug.

„Chemtrails", warf Seefeldt ein und schaute abwechselnd zu Baumann und Manne. Er war stolz darauf, dass ihm das englische Wort so schnell eingefallen war.

„Dagegen kommen wir nicht an", sagte Baumann. „Solange die Dinger da oben herumfliegen, sind wir geliefert. Aber wenn die Krankheit erst einmal nach Deutschland kommt, dann schicken die auch keine Flieger mehr los. Dann ist Schluss hier."

„Apropos *Schluss hier*“, wandte Manne ein. „Wat ist denn jetzt mit Fibinger? Ist der noch dabei?“

„Wo dabei?“, fragte Baumann. „In der Fachhochschule oder bei uns?“

„Beides, Mann!“, erwiderte Manne aggressiv. „Wir müssen uns sicher sein, dass er keine Dummheiten gemacht hat.“

„Ich glaube, er steckt mit dieser Westphal unter einer Decke“, sagte Seefeldt. „Die haben ein paarmal ziemlich lange geschnackt.“

„Diese Alte kann uns gefährlich werden“, sagte Manne. „Richtig gefährlich ...“

Plötzlich sprang Baumann auf und begann wie wild durch den Raum zu hüpfen. Dabei stieß er immer wieder unverständliche Rufe aus.

„Wat hast du denn?“, wollte Seefeldt wissen.

„Ich wusste es! Ich wusste es!“, schrie Baumann.

„Erzähl doch mal!“, forderte ihn jetzt auch Manne auf.

„Diese Westphal ist bei meinem Vater aufgetaucht und hat ihn reingelegt“, rief Baumann erregt. „Jetzt weiß ich auch, warum! Das hängt alles zusammen.“

„Wat denn nun?“, fragten Manne und Seefeldt im Chor.

„Zuerst hat sie eine Nacht in der Pension gepennt ... und am nächsten Tag stand sie mit dem Ordnungsamt vor der Tür“, stieß Baumann hervor. „Und mein Alter war so blöd, die auch noch reinzulassen.“

„Wieso auch nicht? Hat er was zu verbergen?“, fragte Seefeldt.

Baumann und Manne warfen sich einen vielsagenden Blick zu.

„Du verstehst gar nichts, Seefeldt“, ätzte Baumann.

„Ist ja auch egal“, sagte Manne. „Fakt ist, dass wir Fibinger im Auge behalten müssen. Zur Schule wird er ja wohl nicht mehr gehen dürfen, oder?“

„Die Schulleitung hat ihn suspendiert“, sagte Baumann.

„Habe ich auch gehört“, erwiderte Seefeldt.

„Falls er quatschen sollte, brauchen wir einen Plan“, zischte Manne.

Baumann nickte. In seinen Pupillen loderte schwarz der Hass.

Kapitel 14

Als Westphal aus dem Fenster sah, war die Dämmerung bereits fortgeschritten. Und dabei war es noch nicht einmal drei Uhr. Sie hatte heute nur zwei Unterrichtsstunden geben müssen, war aber trotzdem am Ende ihrer Kräfte. Zwei mehr oder weniger schlaflose Nächte und jede Menge Sorgen. Der zwickende Slip aus dem Supermarkt machte die Sache nicht besser. Sie freute sich auf ihr Zuhause. Gemächlich packte sie ihre Siebensachen zusammen und verließ das Schulgebäude. Die beiden Kollegen, denen sie im Foyer begegnete, schauten schief und murmelten, als sie vorbei war.

„Schönen Abend!"

Und das um diese Uhrzeit! Es wehte ein leichter Wind, der für Dezember viel zu warm war. *Trotzdem angenehm!* Spontan beschloss sie, noch ein paar Einkäufe zu erledigen, bevor sie nach Schwerin aufbrechen würde. In Güstrow fiel ihr das sonst so verhasste Einkaufen leichter. Es waren weniger Menschen unterwegs. Und ein kleiner Fußmarsch täte ihr auch gut. Denn eines stand fest: Wenn sie heute nach Hause käme, würde sie nur noch ins Bett fallen.

Auf der gegenüberliegenden Straßenseite fiel ihr ein junger Mann im Kapuzenpulli auf. Sie konnte sein Gesicht nicht erkennen. Wie ein Polizeischüler sah er nicht aus. Wird einer von den Leuten sein, die darauf warten, dass die Saison losgeht. Irgendwo im Landkreis wartete sicherlich eine bescheidene Anstellung in der Gastronomie oder im Verkauf. Und das Ende der winterlichen Schattenexistenz. Dieses elende Leben im Standby-Modus. Wer machte das schon lange mit, ohne Schaden zu nehmen?

„Moin!“, grüßte sie plötzlich ein alter Mann, den sie noch nie gesehen hatte. Sie blieb stehen und blickte ihm nach. Er trug dicke Schuhe, eine Jeans und eine dunkelblaue Jacke. Sein weißer Haarschopf stand im Wind wie eine lodernde Fackel.

„Moin!“, sagte sie leise. Woher kennt der mich? Wer war das? Westphal musste über die Menschen in Güstrow nachdenken. Sie waren verschlossen und maulfaul, aber trotzdem eine Spur netter als am offenen Meer. Westphal verstand die Einheimischen auch nach all den Jahren nicht. War sie selbst zu fröhlich, bremsten sie die Leute oft mit einem mürrischen Gesicht aus. Gab sie sich verschlossen und wortkarg, so wie auch die Einheimischen, dann wurden diese misstrauisch. Denn sie wussten ja, dass sie eine Fremde war. *Warum tat die Fremde so, als sei sie eine von uns?* Bevor sie in den Supermarkt eintrat, sah sie den Jugendlichen mit der Kapuze wieder. War er ihr gefolgt? War er nicht eben noch in eine andere Richtung gelaufen?

„Danke!“

Eine Seniorin mit Rollator hatte ihr die Tür aufgehalten. Westphal hätte sie fast umgerannt. Hastig packte sie ihren Einkauf in den Korb. An der Kasse steckte sie ihre Karte falsch in das Kartenlesegerät. Sie war nervös. Ihr Verfolger stand ganz rechts am Supermarktfenster. Westphal sah nur noch ein Stück seiner Jacke. Er wartete …

„Karte nicht vergessen!“, rief der Kassierer und lächelte sie an. Ein junger Mann um die zwanzig. Sie zog ihren Jutebeutel aus ihrer Handtasche und schmiss die Lebensmittel hinein. *Mist!* Hoffentlich waren die Eier ganz geblieben. Dann verließ sie mit großen Schritten den Laden.

Ihren Korb hatte sie an der Kasse stehen gelassen. Der Kassierer hatte ihn schmunzelnd weggeräumt. Ein alter, faltiger Mann hatte böse geknurrt und dabei den Kopf geschüttelt. *Endlich mal wieder was zu meckern!*

„Wo bist du?", murmelte Westphal, als sie vor dem Supermarkt stand. Der Kapuzenkerl war verschwunden. Er war also doch nicht hinter ihr her gewesen. War alles Einbildung gewesen? Was sollte ein vermummter Jugendlicher auch von ihr wollen? Hatte es sich überhaupt um ein und denselben gehandelt?

Schnell ging sie die Goldberger Straße hinunter. An der Schule bog sie ab und nahm eine Abkürzung zum Parkplatz. Per Fernbedienung öffnete sie den Kofferraum. Bevor sie den Einkauf hineinlegte, kontrollierte sie die Eier. Alle unversehrt geblieben. Sie ging zur Fahrertür.

Dann stand er plötzlich vor ihr.

***

Jung und Schleichert stiegen aus dem Wagen. Der Wind stellte Schleicherts zerfransten Haarkranz auf wie einen kaputten Lattenzaun. Dahinter tristes, karges Land. Die beiden Ermittler warfen ein paar Blicke in die kahlen Vorgärten. Keine Menschenseele zu sehen. Eine Windböe schnitt ihnen eisig in die Wangen. Vornübergebeugt stapften sie zur Haustür des großen Einfamilienhauses. Mit tränenden Augen suchten sie die Klingel.

„Hier!", rief Jung und betätigte den Knopf, der in einer Froschskulptur versteckt war, die auf einem Sockel neben dem Eingang stand.

„Kunst", murmelte Schleichert verächtlich.

Die Tür öffnete sich und Frau Steiner erschien. Ihr großer Leib füllte die Tür ganz aus. Der Wind fuhr ihr in die roten Haare.

„Hallo!", rief die Frau in breitester Mundart. „Da sind ja die Herren Kommissare. Freut mich sehr."

„Moin!", erwiderten die Ermittler und stellten sich vor.

„Luise Steiner. Treten Sie ein in mein bescheidenes Heim!"

„Wohnen Sie allein?", fragte Schleichert und sah sich in dem mintgrün gestrichenen Korridor um.

„Zur Zeit, ja", gab Frau Steiner zurück und ging voran in die Wohnküche. Sie hatte Kaffee und Kekse vorbereitet. „Setzen Sie sich."

„Danke." Jung sah sich um. Das Wohnzimmer war voll mit Tand. Lampen-Skulpturen, Bodenkissen, Steine, Figürchen aus Holz oder Porzellan, Regale mit Andenken. Auf dem Sofa tummelte sich eine Plüschtiersammlung und an den Wänden hingen Bilder von Tieren, überwiegend Katzen, Pferde und Hunde. Ein übergewichtiger Kater kam herbei und beäugte die beiden Besucher misstrauisch.

„Der ist aber gut beisammen", bemerkte Schleichert mit einem Blick auf das Tier. Aber offenbar war der locker gemeinte Einstieg voll in die Hose gegangen. Frau Steiner ging nicht auf die Beleidigung ihres Haustieres ein und runzelte nur irritiert die Stirn. Man konnte ihr ansehen, was sie dachte. Hatte da jemand ihren Liebling als *fett* beschimpft?

„Frau Steiner, wie Sie wissen, sind wir wegen des Angriffs auf Ihren Nachbarn Andreas Hofer hier …", begann Schleichert. „Und den … vermeintlichen Einbruch in die Praxis."

„ … *vermeintlich* … genau“, unterbrach sie den Hauptkommissar. „Gut, dass Sie das so sagen.“

„Das müssen wir, solange nichts bewiesen ist“, stellte Jung fest. „Sie waren ja sozusagen als Ersthelferin vor Ort und haben einige Beobachtungen angestellt. Korrekt?“

„Richtig“, antwortete Frau Steiner. „Haben Sie schon die Frau Hofer vernommen?“

Jung und Schleichert sahen sich an. *Wer stellte hier eigentlich die Fragen?*

„Ja“, antwortete Schleichert, der wohl damit seinen Fehler wieder gutmachen wollte. Frau Steiner schaute ihn streng an. Sie schien Jung mehr zu mögen.

„Ich frage Sie, weil … Sie wissen schon, dass der Herr Hofer und seine Frau nicht mehr so ganz …“, deutete die Münchnerin an.

„Sie haben in der Tatnacht den Beamten gegenüber erwähnt …“, bemerkte Jung, die Andeutung ignorierend, und sah in sein aufgeschlagenes Notizbüchlein, „dass Sie einen Unbekannten in Lohme gesehen haben?“

„Ein großer, dunkel gekleideter Mann“, fuhr Schleichert fort. „Sind Ihnen noch weitere Dinge aufgefallen?“

„Das ist alles.“

„Sie kannten ihn nicht? Ihnen ist nichts weiter zu ihm eingefallen?“

„Nein.“

„Haben Sie eine Erklärung, was dieser Mann in Lohme gemacht haben könnte?“

„Na ja, es ist zwar keine Saison, aber hin und wieder verirren sich dann doch ein paar Touristen hierher. Vielleicht war das ja einer.“

„Also, in der Tatnacht hat das aber anders geklungen. Da meinten Sie, Sie hätten den Täter gesehen. Wieso soll es jetzt ein Tourist gewesen sein?“, fragte Jung.

Schleichert warf ihm einen anerkennenden Blick zu und fuhr anschließend damit fort, den Kater zu sich zu locken, indem er sich mit seinem Zeigefinger am Hosenbein kratzte, ohne dass die Münchnerin etwas davon mitbekam

„Ich denke, es war ein Tourist“, sagte Frau Steiner und klang dabei fast schon ein wenig trotzig.

„Na gut“, antwortete Jung trocken. „Da Sie den Mann ja ohnehin nicht beschreiben können, ist es auch egal, für was Sie ihn halten.“

„Ich kann Ihnen aber verraten, was ich von der Beziehung meiner Nachbarin mit Andreas halte“, gab sie zurück. Ihre grauen Augen wurden kleiner.

„Hatten Sie ein gutes Verhältnis zu Herrn Hofer?“, fragte Jung. Frau Steiner konnte sich ein Schmunzeln nicht verkneifen.

„Ein sehr gutes“, hauchte sie und senkte den Blick. „Er war so ein hilfsbereiter und freundlicher Mann.“

Ihr Kater schien irgendetwas zu spüren und lief zu seiner Besitzerin. Schnurrend schmiegte er sich an ihre kräftigen Waden.

„Sie hatte ihn nicht verdient!“, zischte sie plötzlich. Der haarige Freund zu ihren Füßen zuckte zusammen.

„Wie meinen Sie das?“, hakte Jung nach.

„So, wie ich es sage“, erwiderte die Münchnerin. Gift lag jetzt in ihrer Stimme. „Dieses runtergehungerte Weib mit ihren ganzen Macken.“

„Welche Macken?“, fragte Schleichert. Die Annäherungsversuche an den Kater hatte er aufgegeben.

„Anti-Fleisch, Anti-Alkohol, Anti-Zucker, Anti-Handy, Anti-Sex, Anti-Spaß, Anti-Alles!“, schimpfte Steiner. „Das ist die reinste Nonne, wenn sie mich fragen. Welcher Mann soll bei der glücklich werden? Eine verbitterte, durchgeknallte Hexe ist das!“

Jung sah zu Schleichert und zog die Augenbrauen hoch. „Noch was?"

„Nein!", stieß Steiner hervor. Ihre roten Wangen zitterten vor Erregung. Dann erhob sie sich und rannte aus dem Zimmer. Ihr Kater verschwand blitzschnell unter einer schweren Kommode.

„Alles klar!", spöttelte Schleichert über den Gefühlsausbruch.

„Ich denke", entgegnete Kommissar Jung, „wir gehen gleich mal rüber zu Frau Hofer, oder?"

Kapitel 15

Die Fahrt über die B104 von Güstrow nach Schwerin zog sich in die Länge. Die Müdigkeit brannte ihr in den Augen, aber in ihr brodelte es. Sie hatte Kaehr gerade davon berichtet, dass sie Mark Fibinger auf einem Parkplatz in Güstrow getroffen hatte. Mit feuchten Fingern ließ sie das Fenster auf der Beifahrerseite etwas herunter und sah auf das Display ihres Handys.

„Verstehst du mich noch?“, fragte sie Kaehr. Der Geräuschpegel im Wagen hatte zugenommen. „Sorry für den Lärm, aber ich bin ziemlich fertig. Brauche Sauerstoff.“

„Keine Sorge“, gab Kaehr zurück. „Und wach halten kann ich dich auch. Habe dir nämlich auch noch etwas zu erzählen.“

„Was denn? Dass wir den Täter trotz einer Hundertschaft und dem Einsatz der Hundestaffel nicht dingfest gemacht haben?“

„Rügen ist groß.“

„Aber die Polizei war keine Viertelstunde nach der Tat vor Ort. Der Täter musste einfach noch in der Nähe gewesen sein. Sämtliche Straßenkontrollen haben nichts bewirkt?“

„Wir konnten ja nicht jeden Autofahrer anhalten, der allein unterwegs war.“

„Warum eigentlich nicht?“, wollte Westphal wissen.

„Ich denke, er ist noch auf der Insel.“

„Mmh …“, gab Westphal zurück. „Und was hat die Spurensicherung herausgefunden?“

„Wer auch immer sich im Haus der Hofers aufgehalten hat, er hat im Garten Fußabdrücke der Schuhgröße siebenundvierzig hinterlassen. Außerdem ist er mit der Jacke an der Terrassentür hängengeblieben“, antwortete Kaehr.

„O.K.“ Das waren jetzt keine Neuigkeiten, die Westphal vor dem Einschlafen bewahren konnten.

„Also, die Fußabdrücke, die wir bei Fibinger gefunden haben, stammen von einer anderen Sohle, würden aber von der Größe her passen. Die Fasern der Jacke decken sich nicht mit den Fasern, die wir im Gestrüpp vor Fibingers Haus gefunden haben …“

„Na ja …“, wollte Westphal ihm ins Wort fallen, aber Kaehr redete einfach weiter.

„Das Narkotikum, das die Forensik in Hofers Blut gefunden hat, ist exakt dasselbe, das zuvor im Giftschrank der Tierärztin gestohlen worden ist, wenn es denn diesen Diebstahl wirklich gegeben hat“, erklärte Kaehr. „Und jetzt bist du dran.“

„Ich wollte nur sagen, dass Schuhgröße siebenundvierzig eher selten ist“, entgegnete Westphal. „Von daher könnte es sich durchaus um denselben Täter handeln … Natürlich hat er Schuhe und Jacke von Tat zu Tat gewechselt.“

„Du glaubst immer noch, dass es sich um denselben Täter handelt?“, wollte Kaehr wissen. Die Frage war für ihn nicht ganz unerheblich. Denn falls es sich um eine Mordserie handelte, konnte es passieren, dass das BKA den Fall an sich riss.

„Aber nicht nur wegen der Schuhgröße“, erwiderte Westphal. „Sondern auch wegen der Vorgehensweise.“

„Das hast du mir schon erklärt“, sagte Kaehr. „Der Täter hat den Verdacht immer auf den nächsten Angehörigen gelenkt. Ziemlich elaboriert. Mmh … ich weiß nicht.“

„Und es hat funktioniert“, antwortete Westphal. „Zumindest bei Fibinger und Brodersen.“

„Was soll es ihm gebracht haben?“, fragte Kaehr. „Also, dem Mörder, meine ich.“

„Zeit“, gab Westphal trocken zurück. „Zudem verbrauchen wir Ressourcen.“

„Stichwort Ressourcenverbrauch. Schleichert und Jung sind nach Lohme gefahren, um nochmals Margret Hofer zu vernehmen“, ergänzte Kaehr.

„Gut, dass ich da nicht dabei sein muss“, gab Westphal zu.

„Keine Lust mehr?“

„Ich bin nicht umsonst an die Fachhochschule gewechselt.“

„Aber ich habe dein Versprechen?“, fragte Kaehr.

„Klar doch. Doch kann ich dir schon mal sagen, dass ich das nicht mehr lange mitmache.“

„War es so schlimm bis jetzt?“

„Nein, war es nicht. Und dadurch, dass wirklich ein paar Fäden an der Fachhochschule zusammenlaufen, verstehe ich es auch. Mach dir mal keine Sorgen! Ich sage es nur. Für die Zukunft …“

„Ich habe dem Hauptkommissar klar gemacht, dass sie weiter mit deiner Anwesenheit rechnen müssen. Aber nicht, weil ich deine Theorie zu den Mordfällen teile, sondern weil mir zwei bis drei Morde innerhalb von vier Tagen im Umkreis von fünfzig Kilometern einfach zu viel sind. Ein Ermittlerteam aus Schwerin ist bereits unterwegs.“

„Solange Berlin nicht plötzlich die Federführung übernimmt“, sagte Westphal.

„Das heißt aber auch nicht, dass wir uns ausruhen können“, sagte Kaehr. „Ich telefoniere fast stündlich mit dem

Polizeipräsidenten. Der Innenminister steht ihm schon auf den Füßen."

„Ich habe es gelesen", erwiderte Westphal. „Die Medien gehen davon aus, dass die Morde auf das Konto einer rumänischen Einbrecherbande gehen."

„Was natürlich völliger Quatsch ist!", rief Kaehr. „Immer dann, wenn wir keinen Verdächtigen zur Hand haben, sollen es irgendwelche ausländischen Banden gewesen sein."

„Außerdem morden Einbrecher in der Regel nicht, wenn sie Häuser ausräumen", sagte Westphal. „Und das wichtigste Merkmal fällt auch weg: Es wurde nichts gestohlen."

„Na ja, nicht ganz. Der Fibinger hat bei der Vernehmung in Stralsund irgendetwas von einer größeren Geldsumme erzählt. So richtig deutlich ist er wohl aber nicht geworden."

„Ach! Hat er das?", gab Westphal zurück.

„Er hat den Kollegen viel erzählt, drücken wir es mal so aus", erklärte Kaehr. „Jedenfalls soll sein Opa ein Geldversteck gehabt haben, von dem nur er wusste …"

„War der nicht dement?", warf Westphal ein.

„Das ist ja das Problem." Westphal hörte Kaehr kichern.

„Sehr lustig!", sagte sie vorwurfsvoll.

„Ach, sei doch nicht immer so korrekt", erwiderte er.

Westphal sah in die Dunkelheit hinaus. Sie stellte sich vor, wie Kaehr in seinem großen Büro in Schwerin saß und sich das Lachen verkniff. Inmitten seiner Pflanzen und mit Blick auf ein Aquarium. Sie hatte den alten Studienkollegen eigentlich immer gemocht. Nie hatte sie seine Arbeit oder sogar seine Person hinterfragt. Sie respektierte ihn und hielt ihn für einen großartigen Kollegen. Aber konnte es sein, dass er sie zwar in den Fall hineingezogen hatte, selbst aber gar nicht so sehr daran interessiert war? Warum wohl? Waren ihm die Opfer zu wenig *attraktiv*? Nur ein paar alte Männer. Keine jungen Frauen, keine Kinder. Bislang hatten sie doch lediglich an der Oberfläche gekratzt …

„Ich hatte dich doch gebeten, dass du etwas zu der Vergangenheit der drei Männer herausfindest, oder?“

„Ehrlich gesagt, dachte ich schon, du würdest nie fragen.“

„Willst du mich testen?“

„Nicht gleich sauer werden!“

„Erzähl doch einfach, was du weißt!“

„Bist du gereizt?“, fragte Kaehr.

„Nein, Elmar, bin ich nicht. Aber manchmal geht mir deine Art ganz, ganz leicht auf den Zeiger.“

„O.K. Das ist eine Ansage.“

„Jetzt rede schon!“

„Also, dass Brodersen ein Kollege war, wusstest du ja schon“, begann Kaehr. „Anfang der siebziger Jahre ging er zur Volkspolizei. Dann verdingte er sich für einige Jahre bei den Grenztruppen, um schließlich wieder zur Polizei zurückzukehren. Hört sich seltsam an, war aber in der DDR durchaus üblich.“

„Hatte er nicht auch einen zivilen Beruf außer Lehrer?“, wollte Westphal wissen. Das Gespräch erinnerte sie an den Dokumentarfilm *Volkspolizei/1985* von Thomas Heise.

„Ja, Brodersen war gelernter Hochseefischer“, sagte Kaehr. „Das war so im Arbeiter- und Bauernstaat. Nun aber zu Heinrich Fibinger …“

„Na, dann mal los …“

„Der Fibinger war auch bei der Volkspolizei. Allerdings viel kürzer als der Brodersen. Nachdem er Steinmetz gelernt und seine anderthalb Jahre bei der Nationalen Volksarmee abgedient hatte, absolvierte er eine Polizeiausbildung. Und dort …“

„ … begegnete er dem Brodersen, richtig?“, unterbrach Westphal ihn.

„Nicht ganz“, entgegnete Kaehr. „Dem muss er erst nach Abschluss seiner Ausbildung begegnet sein. Im 13. Abschnitt der Volkspolizei Rostock. Allerdings nur kurz. Das war Fünfundsiebzig.“

„Und danach ist Fibinger aus dem Polizeidienst ausgeschieden?“

„Jawohl. Und er ist im Gegensatz zu Brodersen nicht mehr zurückgekommen.“

„Und Brodersens Pause? Fällt die mit dem Ausscheiden von Fibinger zusammen?“, hakte Westphal nach.

„Nachdem sich ihre Wege gekreuzt hatten, machte es Fibinger nur noch ein paar Monate. Brodersen ging ein Jahr später zu den Grenztruppen.“

„Weiß man, warum Fibinger aus dem Polizeidienst ausgeschieden ist?“

„Keine Ahnung. Habe absolut nichts in den Akten gefunden.“

„An welchem Fall haben die denn zuletzt gearbeitet?“, fragte Westphal.

„Habe ich mich auch gefragt“, erwiderte Kaehr. „Aber noch nichts zu gefunden.“

„Immerhin ein Anfang …“, murmelte Westphal und musste schmunzeln, als sie das Display ihres Telefons aufleuchten sah. Sie freute sich.

Florian hatte ihr eine Nachricht geschickt.

Kapitel 16

Margret Hofer öffnete ihnen barfuß, in schwarzer Hose und schwarzem T-Shirt die Tür. Schleichert entfuhr ein erschrockenes Röcheln, als er sie erblickte. Die Veterinärmedizinerin hatte sich eine Glatze scheren lassen.

„Moin! Schleichert, Kripo Stralsund“, stammelte der Hauptkommissar. Das war aber auch schon alles.

„Guten Morgen, Frau Hofer! Wollten noch mal unser Beileid zum Ausdruck bringen“, übernahm Jung. „Mein Name ist Jung. Wir sind uns in der Tatnacht schon kurz begegnet. Hätten Sie einen Moment Zeit?“

„Was soll das sein, *Zeit*?“, raunte Hofer zurück. „Im Angesicht des Todes.“

„Dürften wir eintreten?“, hakte Jung nach, ohne auf diese merkwürdige Antwort einzugehen.

„Kommen Sie!“, forderte sie Frau Hofer auf. „Hier sieht es allerdings nicht mehr nach meinem Haus aus.“

Schleichert und Jung sahen, dass große Bereiche des Hauses noch mit gelben Aufklebern und Schildchen der Spurensicherung versehen waren.

„Danke ...“, sagte Schleichert. Er hatte die Sprache wiedergefunden.

„Die können mich ja nicht aus meinem Haus schmeißen“, sagte Hofer. „Das wollten die einer frischen Witwe dann doch nicht antun. Einen Kaffee kann ich Ihnen leider nicht anbieten. Wir haben keine koffeinhaltigen Getränke im Haus. Nie.“

„Das wissen wir schon“, entfuhr es Schleichert. Hofer drehte sich um und sah in das verdatterte Gesicht des

Hauptkommissars. Seine plötzliche Auskunftsfreudigkeit hatte ihn wohl selbst überrascht.

„Von der fetten Nachbarin?“, fragte Hofer schlagfertig zurück.

„Ähm …“, hob Schleichert an, aber Frau Hofer ließ ihn nicht zu Wort kommen.

„Ich habe nichts gegen kranke Menschen. Nicht, dass Sie das falsch verstehen. Aber wenn die Leute ungesunde Dinge in sich hineinstopfen und dann dick werden …“, sagte Hofer und sah angewidert auf Schleicherts Bauch, „… dann haben sie es nicht anders verdient.“

„Sie mögen Ihre Nachbarin nicht sonderlich, oder?“, fragte Schleichert. Die beiden Ermittler machten einen ratlosen Eindruck angesichts dieser bizarren Erscheinung.

„Mein Mann hat mit ihr gepennt“, gab Hofer zurück. „Wie kann ich sie da mögen?“

Das hatte gesessen. Die Kommissare zogen die Augenbrauen hoch. Schleichert richtete sich verlegen die Fransen seines Haarkranzes.

„Das sind harte Anschuldigungen“, sagte Jung.

„Ach was! Wusste sowieso jeder hier im Dorf“, gab Hofer zurück. „Habe ja grundsätzlich auch gar nichts dagegen. Wenn es nur nicht sie gewesen wäre. Mit ihrer aufgesetzten, klugscheißerischen Art.“

„Mmh …“, machte Schleichert verlegen.

„Ich mochte ihn trotzdem. Liebe wäre vielleicht zu viel gesagt. Aber er war in Ordnung“, sagte Hofer. „Werde ihn vermissen … Meine einzige Genugtuung ist, dass die da drüben ihn auch nicht mehr hat.“

Margret Hofers dürrer Hals reckte sich in Richtung Nachbarhaus.

„Haben Sie sonst irgendwelche Verdachtsmomente, die Sie uns mitteilen können?“, fragte Schleichert hölzern.

„Was soll ich Ihnen schon sagen?“, fragte Hofer. „Bin ich als Ehefrau jetzt auch noch dafür zuständig, den Mörder meines Mannes zu finden?“

„Sie sollten uns schon helfen“, sagte Jung. „Wir möchten eben wissen, ob Ihnen in der letzten Zeit vielleicht etwas aufgefallen ist. Wissen Sie zum Beispiel, ob Ihr Mann irgendwelche Feinde hatte?“

„Was meinen Sie? Natürliche Fressfeinde, oder was? Feindliche Soldaten? Dunkle Mächte?“, fragte Hofer erregt. Ihre Halsmuskeln spannten und zuckten unter der Haut. Schleichert und Jung verschlug es einmal mehr die Sprache. Doch damit nicht genug. Ganz plötzlich begann Frau Hofer in sich zusammenzusacken. Sie ließ die Arme an ihren Seiten herunterplumpsen und fiel auf die Knie. „Da sehen Sie mal, was der Tod eines Ehemanns so alles anrichten kann.“

Die Worte kamen nur noch als Stammeln aus ihrem Mund. Dann brach sie vollends zusammen. Wie unter gewaltigen Schmerzen krümmte sie sich auf dem Parkettboden. Direkt vor den Füßen der beiden Kommissare. Schleichert reagierte zuerst. Er ging in die Hocke und legte seine Hand unbeholfen auf die Schulter der Frau.

„Lassen Sie mich!“, schrie Margret Hofer.

„Es tut uns leid“, murmelte Jung und sah zu Schleichert, als ob er ihn fragen wolle, ob das zuträfe und es ihm auch leid tue. Schleichert nickte.

„Ja, es tut uns leid.“

„Ich glaube, es wäre gut, wenn wir Sie jetzt mal allein lassen“, sagte Jung und forderte Schleichert stumm zum Gehen auf. Der schien es kaum glauben zu können, dass sie die trauernde Frau allein auf dem Boden ihres Hauses zurücklassen sollten.

Langsam begaben sich die beiden Ermittler wieder zur Wohnungstür. Gerade, als sie das Haus verlassen wollten, regte sich die Frau in schwarz. Jung drehte sich zu ihr herum und sah, wie sie den frisch geschorenen Kopf anhob. In den dunklen Augen der Tierärztin lag jetzt Verzweiflung. Jede Spur von Überheblichkeit war aus ihnen gewichen.

„Sie müssen Manne Holst fragen."

***

Als Westphal endlich zuhause in Schwerin angekommen war, warf sie sich auf ihr Sofa. Das Smartphone legte sie vorsorglich ein paar Meter entfernt auf die Anrichte. Etwa eine Viertelstunde lag sie so da und starrte an die Decke, die nur vom Licht der Wohnung auf der anderen Straßenseite beschienen wurde. Dummerweise hatte sie das Handy so hingelegt, dass sie das Display aufleuchten sah. *Mist!* Sie versuchte es zu ignorieren und schaffte es sogar ein paar Minuten lang. Doch es war vergebens. Wer auch immer etwas von ihr wollte, er würde nicht locker lassen. Das Display leuchtete wieder und wieder auf. Westphal hatte den Eindruck, dass das Licht von Mal zu Mal heller wurde. *Es reichte!* Schwungvoll riss sie ihren Oberkörper nach oben und langte fahrig nach dem Gerät. Es war Jung gewesen! Sie wählte seinen Kontakt an.

„Moin, Frau Westphal!", meldete sich der Kommissar.

„Sie haben mich angerufen …?", entgegnete Westphal. Sie klang müde.

„Ich hoffe …"

„Nein, Sie stören nicht", unterbrach Westphal den jungen Kollegen. „Aber jetzt raus mit der Sprache!"

„Also, ich dachte, ich unterrichte sie mal darüber, was ich heute gemeinsam mit dem Chef herausgefunden habe“, sagte Jung. Wie großzügig, dachte Westphal.

„Gibt es davon auch eine Kurzversion?“, fragte Westphal.

„Ja, gibt es“, antwortete Jung. „Die Hofers lebten in einer Art offener Beziehung, wobei Margret Hofer nicht immer mit der Partnerwahl ihres Mannes einverstanden war …“

„… schräg“, unterbrach Westphal ihn. „Aber fahren Sie fort.“

„Beide Frauen scheinen mir ein bisschen merkwürdig zu sein …“, fuhr Jung fort.

„Warten Sie!“, unterbrach ihn Westphal. „Wieso jetzt zwei Frauen?“

„Frau Steiner und Frau Hofer“, entgegnete Jung. „Hofers Geliebte und Hofers Frau. Die eine konnte sich plötzlich nicht mehr an den Mann erinnern, den sie noch in der Tatnacht in ihrem Garten gesehen haben wollte. Die andere hat uns nicht mit ihren verschrobenen Ansichten verschont, konnte aber immerhin einen nützlichen Hinweis geben … einen Namen … Manfred Holst. Soll ein enger Freund ihres Mannes gewesen sein.“

„Und?“, fragte Westphal.

„Sie meinte, wir sollten uns an den wenden“, gab Jung zurück. „Doch bevor wir das taten, haben wir ihn erst mal in unserem System gesucht.“

„Und was sagt das System?“, fragte Westphal.

„Allerhand“, gab Jung. „Ist bereits mehrfach aktenkundig. Und zwar einschlägig. Das war dann die große Überraschung. Ein richtig heißer Tipp.“

„Immer raus mit der Sprache! Was hat es auf sich mit dem?“

„Soll sich selbst als sogenannter *Reichsbürger* ...“, gab Jung zurück.

„Ach, du liebe Güte!“, unterbrach Westphal den Kollegen. Dass die Sache in diese Richtung gehen würde, hatte sie nicht erwartet.

„ ... betiteln“, fuhr Jung fort. „Mit allem, was dazu gehört. Hat etliche Ordnungswidrigkeiten und auch Straftaten begangen, die vor allem damit in Zusammenhang stehen, dass er die deutschen Behörden nicht anerkennt. Hält sich quasi an nichts. Hat keine behördliche Anmeldung, zeigt seinen Führerschein nicht vor, folgt den Verkehrsregeln nicht. Aber es kommt noch besser. Er ist wegen Beleidigung, Nötigung und Widerstandes gegen Vollstreckungsbeamte verurteilt worden und steckt in laufenden Strafverfahren wegen Landfriedensbruchs, illegalen Waffenbesitzes und Steuerhinterziehung. Soll ich weiter machen?“

„Wo wohnt er?“

„In Sagard?“

„Kann man da heute noch hin?“

„Wir prüfen das noch. Aber da würden wir dann gerne ein paar von unseren starken Jungs mitnehmen“, sagte Jung.

„ ... und Mädels“, korrigierte ihn Westphal. „Wenn schon, dann richtig.“

„Sorry!“ Er hatte beinahe vergessen, wen er am Telefon hatte.

„Mit anderen Worten, Sie rufen nur an, um mir zu sagen, was Sie vorhaben?“, hakte Westphal nach. „Wollen mich wohl nicht dabei haben?“

„Die Leitung des Einsatzes hat das LKA“, gab Jung zurück.

„Das schaue ich mir an“, sagte Westphal trocken. „Haben Sie Kontakt zum Verfassungsschutz aufgenommen?“

„Ach so, ja, aber die sagen ...“, fuhr Jung kleinlaut fort. Er hatte immer noch großen Respekt vor Westphal. Das konnte sie spüren.

„ ... dass sie nichts über ihn hätten, richtig?“, führte sie seinen Satz zu Ende.

„Es gäbe wohl mittlerweile einfach zu viele von denen, meinten die Kollegen“, erklärte Jung. „Die könnten nicht jeden überwachen ...“

„Wir wissen also weder, ob der Verfassungsschutz ihn als Informant führt“, schlussfolgerte Westphal. „Noch, ob sie ihn vielleicht schon observiert haben.“

„Nein“, gab Jung zurück. „Aber es kommt noch dicker. Holst ist ehemaliger Soldat. Hat über zehn Jahre bei der NVA gedient.“

„Autsch! Der Herr Holst ist also nebenbei noch als hochgefährlich einzustufen“, stellte Westphal fest. „Erfahren im Umgang mit Waffen.“

„So könnte man das sagen.“

„Und das sagen Sie mir so nebenbei?“, fragte Westphal. „Kein Wunder, dass Sie das SEK dabei haben wollen.“

„Na ja, wir werden es im Standby halten“, sagte Jung. „Nur für den Fall der Fälle. Es liegt ja erst einmal nichts gegen den Mann vor. Alles, was wir wollen, ist eine Zeugenbefragung. Vielleicht zeigt er sich ja kooperativ. Geht schließlich um seinen toten Kumpel.“

„Natürlich“, pflichtete Westphal ihm bei. Ihre Stimmlage ließ offen, ob sie es vielleicht nicht doch ironisch gemeint hatte. „Noch was, Kommissar Jung: War Holst zufällig bei den Grenztruppen?“

„Keine Ahnung“, entgegnete der. „Kann ich aber herausfinden. Wieso?“

„Daraus ergäbe sich womöglich eine Querverbindung zu Brodersen“, erklärte Westphal. „Dann müsste man aber genaue Dienstzeit und auch den Einsatzort kennen. Sollen ja ein paar mehr Leute die Grenze der DDR bewacht haben.“

„Ich frage mal den Tiessmann, der macht bei uns die Archivarbeit. Soll mal stöbern gehen.“

„Wie schnell ist dieser Tiessmann?“

„Mmh … zählt eher zu der langsamen Sorte. Aber wenn er was herausfindet, dann ist es wasserfest …“, antwortete Jung. „Bekomme gerade die Info, was den Zugriff angeht.“

„Und? Wann wollen Sie Holst besuchen gehen?“

„Morgen früh“, antwortete Jung.

„Da bin ich dabei.“

Kapitel 17

Er stützte sich mit einer Hand an der Balkonbrüstung ab, blickte verstohlen zum gegenüberliegenden Wohnblock und zog noch ein letztes Mal kräftig an der selbst gestopften Zigarette, bevor er sie gegen den Wind schnipste.

„Du sollst die Kippen doch nicht rauswerfen!“, schimpfte Suse, die gerade in das kleine mit Couch und Schrankwand zugestellte Wohnzimmer kam. „Das gibt nur Ärger.“

„Egal“, gab Manne zurück, während er auf den Flachbildschirm starrte, auf dem das Nachmittagsprogramm eines privaten Fernsehsenders lief. „Das stört doch keinen Arsch. Und wenn schon! Sollen sie doch kommen. Wir leben hier in der Platte. Das ist eine ehrliche Arbeitersiedlung! Hier bestimme immer noch ich.“

Manne grinste.

„Ich kann es mir wieder von den Nachbarn anhören“, fuhr Suse fort. „Herzlichen Dank auch!“

„Gern geschehen“, sagte er. „Und richte den Zugezogenen aus dem Erdgeschoss einen schönen Gruß aus, wenn du sie siehst. Sag ihnen aber auch, dass ein Rüganer sich nichts erzählen lässt. Das ist unsere Insel!“

„Ach, du wieder!“, sagte Suse. „Da unten liegt echt schon wieder alles voll.“

„Solange diese Arschlöcher da wohnen, schmeiße ich denen auch die Kippen vor den Balkon“, ätzte Manne. „Und meinen Müll trenne ich auch nicht und auf dem Gehweg parke ich auch. Und wenn mir nach Fleisch ist, dann stelle ich mir auch meinen Grill auf die Wiese. Direkt vor deren Balkon. Die können mich alle mal!"

„Nun ist ja gut", beruhigte seine Frau ihn. Sie wischte sich die Hände an der Küchenschürze ab und legte zärtlich ihre Arme um ihn.

„Was macht unser Experiment?", wollte Manne Holst wissen.

„Es köchelt so langsam vor sich hin."

„Das rieche ich selber", erwiderte Manne. „Ich will wissen, was du alles rangemacht hast?"

„Rotwein, Lorbeer, Nelken, Pimentkörner, Zwiebeln", gab Suse zurück.

„Bloß keinen Knoblauch!", warnte Manne sie.

„Nee, später kommt nur noch frischer Rosmarin ran", sagte Suse.

„Welchen Wein hast du genommen?", wollte Manne wissen.

„Den chilenischen", antwortete Suse. „Den sie mir auf der Arbeit geschenkt haben."

„Na, das klingt doch gut", lobte sie Manne. „Bin mal gespannt, wie dein Nutria-Gulasch wird. Und zum Kochen wird der chilenische Rotwein wohl was taugen."

„Glaube ich auch. Außerdem ist die Nutria dann in guter Gesellschaft", stellte Suse fest und blickte in das verwunderte Gesicht ihres Mannes.

„Hä?", wunderte er sich.

„Na, die Nutrias kommen doch auch aus Südamerika", behauptete Suse. „Die sind doch eingewandert."

„Das ist vielleicht ein Quatsch. Habe ich ja noch nie gehört", meckerte Manne und fing laut an zu lachen. „Sollen die vielleicht über den Atlantik geschwommen sein, oder was?"

„Die sind aus Farmen abgehauen", beteuerte Suse.

„Blödsinn, die Viecher kommen aus Asien“, widersprach Manne.

„Hast du einen Jagdschein gemacht oder ich?“, wollte Suse wissen, während sie sich eine Zigarette ansteckte. Sie stemmte die Hände in die Hüften und blickte Manne kokett aus ihren blauen Augen an.

„Du. Aber dann hast du bei den Nagern wohl nicht aufgepasst. Vergiss nicht, dass ich auch schießen kann. War bester Schütze in meiner Kompanie.“ Manne steckte sich eine neue Zigarette an.

„Ja, aber das ist dreißig Jahre her …“, entgegnete Suse.

„…Scheißegal“, unterbrach Manne seine Ehefrau. „Wenn man einmal bei den Grenzern war, verlernt man das nicht.“

„Trotzdem“, wandte Suse ein. „Was hat das damit zu tun, dass die Nutria hier eingewandert ist? Das ist ein Fakt!“

„Komm du mir bitte nicht auch noch mit Fakten!“, maulte Manne. „Alles Lüge heutzutage! Das ist der einzige Fakt.“

„Na ja, meinetwegen“, gab Suse klein bei. „Können wir uns wenigstens darauf einigen, dass sie die heimische Fauna und Flora zerstört?“

„Das schon. Aber immerhin sind die Viecher gute Eiweißlieferanten. Vermehren sich rasend schnell, sind leicht zu jagen und wie sie schmecken, werden wir ja gleich sehen. Riecht ja schon mal nicht schlecht. Nahrung ist wichtig, Suse“, erklärte Manne und sah zu den Kisten mit den Konservendosen, die in der Ecke des Wohnzimmers standen. Die würde er morgen mit den Jungs in den Bunker schaffen.

„Dich ruft jemand an“, sagte Suse und griff nach dem Handy, das auf dem Esstisch lag, um es Manne zu reichen.

„Ach, der Jonas“, sagte Manne. „Mal gucken, was der will. Mach bitte die Tür zu.“

Nachdem Suse die Tür geschlossen hatte und in die Küche verschwunden war, nahm er das Gespräch entgegen.

„Moin, Manne!“, tönte es aus dem Handy.

„Moin, Jonas“, erwiderte Holst. „Ist doch kein gutes Zeichen, wenn du mich anrufst. Das ahne ich doch.“

„Nee, ist es nicht“, stimmte Jonas ihm zu.

„Na los, spann mich nicht auf die Folter. Wat hast du für mich?“

„Hat heute im Laufe des Tages ein paar Anfragen zu deiner Person gegeben“, erwiderte er.

„Das ist alles?“, fragte Manne.

„Können wir das bei einem Bierchen besprechen?“, fuhr Jonas fort. „Ist blöd am Telefon.“

„Machen wir! Meinst du, es ist dringend?“

„Denke, ja. Haben ordentlich Staub aufgewirbelt. Irgendetwas ist im Busch.“

Kapitel 18

Westphal hatte von Kai geträumt. Er war nackt gewesen und hatte geschrien, ohne dass klar war, warum. Sie versuchte, dieses Bild aus ihrem Kopf zu bekommen, während sie das Wasser für einen Tee aufsetzte. Westphal hatte sich einen edlen Assam aus der *Teaboutique* in Stralsund besorgt. Den wollte sie gern probieren, bevor es losging. Schön stark. Das brauchte sie heute. Dann sah sie ihr Display aufleuchten. Wer zum Teufel schrieb ihr um halb sechs eine SMS?

„*Aktion auf morgen verschoben.*"

Es war Jung. Der Hausbesuch bei Manfred Holst würde also ausfallen. *Schade!*

„*Warum?!*", tippte sie rasch in ihr Handy.

„*Wissen wir nicht. Kam von oben.*"

Westphal hatte heute keine Unterrichtsverpflichtung an der Polizeischule. *Das war gut.* Sie goss das kochende Wasser über das gut gefüllte Teesieb und ging in ihr winziges Arbeitszimmer. Reglos starrte sie auf die weiße Magnettafel, an der ein Gewirr von Pfeilen und schwer entzifferbaren Notizen zu sehen war. Vereinzelt hatte sie ganze Blätter oder Papierfetzen mit kleinen Magneten angebracht. Sie griff nach einem roten Stift und begann langsam einen Namen einzukreisen.

„Max Brodersen, der verlorene Sohn", sagte Westphal und entfernte das Teesieb aus ihrer großen Keramiktasse. Dann rief sie Jung an.

„Moin!"

„Da Sie nun schon einmal wach sind …"

„Ich kann es Ihnen auch nicht erklären“, rechtfertigte Jung sich sofort.

„Was? Dass Sie schon wach sind?“

„Ja, das auch nicht“, gab Jung zurück. „Nein, ganz ehrlich, ich weiß nicht, warum die Stipvisite bei Holst abgeblasen wurde.“

Warum betonte er, dass er es ehrlich meinte? War das nicht selbstverständlich?

„Wahrscheinlich haben die Nachfragen beim Verfassungsschutz ein paar Mikadostäbchen im Kriminalkommissariat Stralsund erzittern lassen“, sagte Westphal.

„So weit würde ich nicht gehen, aber …“

„Na ja, müssen Sie auch nicht“, unterbrach Westphal ihn. „Rufe sowieso wegen einer ganz anderen Sache an.“

„Ach so …“, erwiderte Jung. „Lassen Sie mich raten …“

„Keine Zeit für Spielchen“, erwiderte Westphal. „Es geht mir um den Sohn von Hermann Brodersen. Er heißt Max und lebt in Sassnitz. Hatten Sie den auf dem Schirm?“

„Nein.“ Jung wirkte betreten.

„Schauen Sie doch mal, was Sie zu dem finden“, sagte Westphal.

„Wissen wir denn noch gar nichts über den?“

„Was in den Akten steht, weiß ich nicht, aber er arbeitet wohl momentan aushilfsweise auf einem der Räucherfisch-Kutter im Sassnitzer Hafen. Das meinte zumindest Henriette Brodersen.“

***

Es ging gegen neun Uhr, als Westphal ihren Wagen vor dem Hafenmuseum abstellte. Die stumme Wut einer Museumsangestellten, die sie anstarrte und ihren

Zigarettenrauch in die Kälte blies, hatte sie einfach weggelächelt. So waren sie manchmal, die Rüganer, dachte Westphal. Hier galt eben Halteverbot. Erst recht mit ortsfremdem Kennzeichen. Westphal hastete zu dem Räucherfisch-Kutter *Hendrik*. Seetüchtig wirkte der Kahn nicht. Eine Reminiszenz an längst vergangene Zeiten, als im Sassnitzer Hafen noch hunderte Fischerboote lagen. Zum ersten Mal fiel Westphal auf, dass die Kutter zwar malerisch, aber zugleich doch irgendwie auch traurig wirkten.

„Moin!“, grüßte sie den gut eingepackten Mann, der hinter der Glasscheibe seinen Verkaufsstand vorbereitete. Er hörte sie nicht.

„Moin!“, schrie Westphal und klopfte gegen die Scheibe. Er drehte sich zu ihr um. Ein sympathisches Gesicht sah anders aus. Aber Westphal war vorbereitet, denn es war weder der Ort noch die Zeit für Freundlichkeiten. Stirnrunzelnd und unverständlich grummelnd schob er die Scheibe zur Seite.

„Moin! Wat los?“

„Max Brodersen?“, fragte Westphal.

„Ja, und Sie?“, stieß er hervor.

„Westphal, LKA, hätte ein paar Fragen zu Ihrem Vater.“

„Muss dat jetzt sein?“, stöhnte er. „Ich muss den Stand vorbereiten.“

„Nur ein paar Minuten“, hauchte Westphal und setzte ihr süßestes Lächeln auf. Brodersen war etwa zehn Jahre älter als sie selbst. Sie setzte ihren Charme nicht gern gezielt ein. Es gab allerdings Situationen, in denen es unverzichtbar war.

„Wenn es sein muss ... Viel werde ich Ihnen nicht erzählen können. Fragen Sie Muttern, die weiß mehr als ich.“

„Welches Verhältnis hatten Sie denn zu Ihrem Vater, wenn ich fragen darf?“

„Dürfen Sie“, kam es trocken zurück. In den eisblauen Augen war keine Spur von Humor zu erkennen. „Ein schlechtes.“

„Warum?“

„Privatsache.“

„Wüssten Sie von irgendwelchen Feindschaften Ihres Vaters zu berichten?“, fragte Westphal etwas sperrig. *Der Kerl war aber auch ein Widerling!* „Ich meine, gab es Streitereien, Konflikte mit anderen Leuten, Nachbarn, Schulden und dergleichen?“

„Ganz schön viel, was Sie da aufzählen …“, gab Brodersen zurück. „Aber ja, Probleme hatte er mit so einigen Menschen. Liegen gar nicht mal so falsch.“

„Ach so? Und mit wem?“, hakte Westphal nach.

„Glauben Sie, hierzulande bringen sich die Menschen einfach um, wenn sie Streit haben, oder wat?“, ätzte Brodersen zurück. *Wo er Recht hatte, hatte er Recht …*

„Kommen Sie! Sie wissen, was ich meine. Oder wollen Sie mir sagen, dass Ihr Vater sich das Leben genommen hat?“, fragte Westphal zurück. Sie hatte ihre Stimme etwas ruppiger klingen lassen. Auch der weibliche Liebreiz nutzte sich irgendwann ab. Der Kerl gefiel sich zu sehr in seiner marinen Rauheit.

„Vaddern war ein Einzelgänger“, antwortete Brodersen. „Er hatte keine Freunde. Und wenn, dann waren es traurige Gestalten aus seiner Vergangenheit. Harmlose Spinner, Alkoholiker.“

„Namen?“

„Kenne ich nicht. Habe mich einen Dreck für sein Leben interessiert. Am ehesten könnte ich Ihnen noch den Namen *Fibinger* nennen“, gab Brodersen zurück. „Aber der ist ja wohl auch über die Klinge gesprungen. Habe ich zumindest gehört ..."

„Ihr Vater war bei dem verschuldet, nicht wahr?"

„Das ist ja gerade die Scheiße." Brodersen sah sie mit einem Blick an, aus dem nicht nur Widerwillen sprach. Ein wenig Elend war auch dabei. Der alkoholkranke Vater hatte seine Bekanntschaften durch die Jahrzehnte geschleppt, sich bei ihnen verschuldet und war schließlich einfach gestorben. War Max Brodersen nun der Leidtragende?

„Gehen die Schulden auf Sie über?", wollte Westphal wissen.

„Na, erst einmal muss so etwas wie ein Schuldschein auftauchen", murmelte Brodersen. Er hatte damit begonnen, den Fisch in die Auslage zu legen. Westphal wurde bewusst, dass der suspendierte Polizeischüler Mark Fibinger durch einen möglichen Schuldschein zum direkten Gegenspieler von Max Brodersen werden würde.

„Kennen Sie Mark Fibinger?", fragte Westphal.

„Habe von ihm gehört. Das soll der Enkel von diesem Fibinger sein. Muttern weiß da besser Bescheid als ich", gab Brodersen zurück.

„Sind Sie sich im Klaren darüber, dass dieser Enkel mit dem Schuldschein bei Ihnen und Ihrer Mutter auftauchen könnte?"

„Das ist mir egal. Ich war nicht mit Hermann Brodersen verheiratet. Das soll Muttern mal schön regeln", stieß Brodersen hervor. „Die hat genug Kohle."

„Ist das so?", hakte Westphal nach.

Doch Brodersen drehte sich ganz plötzlich einfach um und widmete sich seinen Fischen. Westphal begriff sofort, dass das Gespräch hiermit beendet war. Kalt und ohne jede Vorwarnung.

„Herr Brodersen!?“, versuchte es Westphal trotzdem noch einmal. Jetzt etwas lauter. „Herr Brodersen!?“

Aber der Mann dachte gar nicht daran, weiter mit ihr zu sprechen. Er sah sie ja nicht einmal mehr an. Westphal wusste nicht so recht, ob sie sich aufregen oder Mitleid haben sollte. Sie hatte zwar allen Grund, sauer auf diesen Typen zu sein. Aber würde es etwas nützen? Stumm drehte sie sich um die eigene Achse und lief hastig zu ihrem Auto zurück. Die rauchende Frau war irgendwo im aufziehenden Nebel verschwunden.

Kapitel 19

Der Wind riss so heftig an den Haaren der Leiche, dass man Angst haben musste, er könnte sie kahl zurücklassen. Wenn man genau hinsah, dann konnte man erkennen, dass der tote Körper sich bei besonders starken Böen leicht bewegte. Nur minimal. So dass es den Anschein hatte, als würde noch Leben in ihm stecken. Doch Westphal wusste, dass es nicht so war.

Dafür war allein schon die Körperhaltung zu ungewöhnlich. Kein lebender Mensch würde sich in dieser Position im Dezember nach draußen setzen. Die Haltung ging weder als Gymnastik noch als Yoga durch. Kniend, den Oberkörper nach hinten weggeklappt und an einen einen Baumstumpf gelehnt, die Hände tief in den Taschen des alten Parkers vergraben, den Kopf im Nacken. So *hing* sie da, dachte Westphal. Denn das war weder ein Liegen noch ein Stehen. Das war das grauenhafte Bild einer Leiche, die irgendwie festhing. Die eigentlich hätte zur Seite kippen müssen, es aber nicht getan hatte.

Doch das eigentliche Grauen lag nicht in der unnatürlichen Position des Leichnams, sondern in der Grimasse, die auf dem Gesicht lag. Eingefroren für die Ewigkeit und festgehalten auf den Kameras der Spurensicherung. Die Mundwinkel standen in einer unnatürlichen Geometrie zueinander. Verkrustetes Blut klebte auf Lippen und Kinn. Auf der einen Seite ragten zwei Eckzähne über den zerbissenen Lippenrand. Auf der anderen Seite klaffte eine blutverkrustete Zungenspitze hervor. Westphal wunderte sich über die grünschwarze Färbung des Blutes, mit dem nicht nur die untere Gesichtshälfte, sondern auch die Zähne bedeckt waren.

Und dann diese Augen. Unverständlicherweise war eines weit aufgerissen, das andere aber derart fest zusammengepresst, dass die Wimpern unter der Augenbraue und den Falten der alten Haut begraben lagen. Der Augapfel des offenen Auges war um einige Millimeter aus der Höhle getreten. Ein nebliger Schleier lag über der Iris und als Westphal in die Pupille der Toten schaute, hatte sie das Gefühl, den Ort zu sehen, an dem sich Henriette Brodersen jetzt aufhielt.

„Eibe."

Westphal vernahm die Stimme Sandro Behners. Er unterhielt sich mit Jung und Schleichert. Jung hatte sie angerufen, als sie an der Promenade von Sassnitz beim Frühstück gesessen und in den Seenebel gestarrt hatte. „Wir haben eine Leiche", hatte er gesagt. Keine fünfzehn Minuten später war sie vor Ort gewesen. Auch Kaehr war bereits unterwegs. Er würde die Mordkommission von nun an leiten. Das LKA hatte übernommen. Vier Leichen innerhalb einer Woche waren zu viel für Stralsund.

„Suizid", bemerkte der Forensiker trocken. „Kein Zweifel."

„Warum sind Sie sich dessen so sicher?", fragte Schleichert.

„Sehen Sie sich die Hände an", forderte Behner den Hauptkommissar auf, doch der schaute nur verständnislos.

„Sie stecken in den Taschen." Schleicherts Stimme klang ein klein wenig empört.

„Ich wette mit Ihnen, Sie werden Eibenreste an ihnen finden", erklärte der Forensiker. „Das Messer liegt dort.

Damit hat sie die Zweige abgeschnitten. Die hat sie sich in den Mund gestopft, zerkaut … und hinuntergeschluckt."

„Ist das nicht bitter?", fragte Schleichert.

„Das ist bitter."

Westphal hatte sich in das Gespräch gemischt. Die drei Männer sahen sie mit gerunzelter Stirn an. Sie mussten eine leise Ahnung von dem verspüren, was jetzt kommen würde. Denn falls Henriette Brodersen wirklich Selbstmord begangen hatte, dann würden sicher auch ihre Ermittlungen zum Mordfall Brodersen auf den Prüfstand gestellt werden. Sie hatten es noch nicht wirklich begriffen. Aber sie merkten an Westphals Blicken, dass irgendetwas nicht stimmte.

„Vielleicht hätte man sie doch nicht in Gewahrsam nehmen und ihr Knast androhen dürfen."

Der Satz fiel trocken wie ein Knüppelhieb. Sandro Behner war der erste, der das Schweigen durchbrach.

„Haben Sie *das* getan?", fragte er unschuldig. „Hat man der Frau mit Gefängnis gedroht?"

Westphal wusste, dass er zu intelligent war, um diese Frage so unschuldig zu meinen, wie er sie gestellt hatte. Vielleicht wollte er sich bei ihr anbiedern. Sollte er doch. Ihren kalten Gruß von vorhin würde sie nicht zurücknehmen.

„Eine gewagte Schlussfolgerung", sagte Jung. Er stellte sich damit mehr oder weniger offen gegen Westphal. Das hätte sie ihm nicht zugetraut. Als sie vor drei Jahren das erste Mal mit ihm zusammengearbeitet hatte, hatte er einen vielversprechenden und erfrischenden Eindruck gemacht. Mittlerweile hatte das System ihn weichgespült. Einer unter vielen, die ihren Vorgesetzten das Wort redeten, ohne selbständig zu denken.

„Eine Unterstellung“, bemerkte Hauptkommissar Schleichert.

„Das wird sich zeigen“, erwiderte Westphal. „Ich habe vor zwei Tagen mit dieser Frau gesprochen. Sie war stark mitgenommen von dem Verhör und dem Verdacht gegen sie. *Schwarze Witwe* ist nicht gerade ein besonders sozialverträglicher Titel in einer kleinen Stadt wie Sassnitz.“

„Nun mal langsam, Frau Westphal!“, sagte der Hauptkommissar.

Westphal lächelte müde. Sie wusste genau, was sie sagte. Die Vorladung ins Revier und das stundenlange Verhör hatte allein Schleichert zu verantworten gehabt. Aber wer konnte schon beweisen, dass der Suizid eine direkte Folge dessen gewesen war?

„Lassen Sie uns doch zur Leiche zurückkommen“, sagte Westphal ruhig und blickte zu Behner. „Was meinen Sie? Wie lange liegt die Frau hier schon?“

Sie wusste natürlich, dass auch diese Frage auf eine mögliche Schuld Schleicherts am Tod der Frau zielte. Wie viel Zeit war zwischen Vernehmung und Suizid vergangen? Zu wem hatte Henriette Brodersen in der Zwischenzeit noch Kontakt gehabt?

„Etwa einen Tag. Muss sehen, ob sich irgendwo ein paar Fliegenlarven finden lassen. Die Wahrscheinlichkeit ist im Winter bekanntlich gering. Es sei denn“, sagte Behner und ließ seinen Blick über das Brachfeld schweifen, „wir haben hier irgendwo eine Schweinezucht.“

„Schweinezucht?“, fragte Schleichert, dessen Kopf immer noch errötet war. Westphal war nicht irgendjemand. Und sie war in ihrem Metier.

„In der Umgebung von Ställen lassen sich auch im Winter Fliegen finden, richtig?“, beantwortete Westphal die

Frage. Schleichert schien nicht sehr mit den Gegebenheiten in ländlichen Gebieten vertraut zu sein.

„Korrekt“, antwortete Behner, während er sich seine Gummihandschuhe richtete. „Dann könnten wir den Todeszeitpunkt von der Schlüpfzeit ableiten. Aber ist das so entscheidend? Ich meine, es liegt recht offensichtlich eine Selbsttötung vor.“

Anschließend beugte sich der Rechtsmediziner zu der rechten Jackentasche und zog behutsam die Hand der Frau aus der Jackentasche heraus.

„Keine Leichenstarre?“, fragte ein junger Kriminaltechniker, der an die kleine Gruppe herangetreten war. Ganz offensichtlich war er noch nicht lange dabei.

„Lässt schon nach vierundzwanzig Stunden nach“, gab Behner zurück und hielt seine Lupe über die Handfläche der Toten. „Da hätten wir doch etwas.“

„Eibe?“, fragte Schleichert.

„Ja“, erwiderte Behner, der unterdessen Pinzette und Plastiktütchen zur Hand genommen hatte, um die Pflanzenpartikel zwischen der faltigen Haut der toten Rentnerin hervorzukratzen.

Kapitel 20

Die Bayerin war entkleidet und saß auf dem ebenso nackten Körper des etwa fünfundfünfzigjährigen Mannes, dessen spärlich beharrte Brust dem Busen der Frau erstaunlich ähnlich war. Die Brustwarzen standen spitz vom Körper ab, so wie auch bei Luise Steiner. Nur die Hüften der Frau waren ungleich weiter als die des Mannes, was aber auch daran liegen konnte, dass sie aufrecht saß. Und hätte sein Gesicht nicht diesen entspannten Ausdruck gehabt, hätte ein heimlicher Beobachter auch glauben können, dass Frau Steiner versuchte, den Mann mit Hilfe ihrer kräftigen Schenkel unter sich festzuhalten.

„Hat es gereicht für dich?", fragte der Untenliegende zuversichtlich.

„Fast", gab Frau Steiner zurück und lächelte.

„Mist!", stieß er hervor. „Schon wieder nicht!"

Dass die Wut gespielt war, schien der großgewachsenen Bayerin nichts auszumachen.

„Ach, das macht doch nichts. Hauptsache ist doch, dass du hier bist."

Diese Aussage brachte den Mann dazu, seinen Blick auf die Uhr an der Wand zu richten. Er war bereits fast eine halbe Stunde hier. „Ich muss aber bald wieder los."

„Nein!", sagte Luise Steiner in resignativem Ton. Offenbar hatte sie das erwartet.

„Leider doch."

„Heute lass ich dich nicht weg", rief sie kämpferisch und beugte sich nach vorne, um ihre Hände auf die Unterarme des Mannes zu legen. Max Brodersen ließ es zu und drehte den Kopf unauffällig zur Seite. Dabei wanderte sein Blick zu dem gerahmten Foto eines Mädchens, das inmitten verschiedener anderer Bilder auf dem Nachttischchen stand. Es war in schwarz-weiß aufgenommen und mit einer schwarzen Trauerschleife versehen, die unten rechts über die Bildecke gelegt war. Ein lachendes Mädchen mit großen Zähnen und Sommersprossen.

„Hast du das Foto der Kleinen immer noch?"

„Es war nie weg", sagte Frau Steiner.

„Aber es stand nicht hier auf dem Nachttisch, oder?", fragte Max Brodersen und schaute verwundert.

„Doch, doch. Hast nur nicht richtig hingeschaut", gab sie zurück. „Was ist? Stört es dich?"

„Nein, gar nicht", erwiderte er. „Frage mich nur ..."

„... wieso ich es immer noch habe?", fuhr sie fort.

„Na ja, du kanntest sie ja nicht einmal."

„Ich nicht, aber *er*", entgegnete Steiner und zeigte auf ein anderes Foto, das auf dem Nachttischchen stand. Es war in Farbe und zeigte einen Mann um die siebzig. Er hieß Frederik Ehlert und hatte seine Tochter Judith in einem der brutalsten Verbrechen verloren, das die Insel Rügen jemals gesehen hatte. Brodersen wusste, dass Luise Steiner vor fünf Jahren dieses Mannes wegen von München nach Rügen gekommen war. Als seine neue Partnerin hatte sie sich auch seines Kindes angenommen, obgleich dieses bereits verstorben war. Sie hatte die ermordete Judith *adoptiert* und sprach bis heute von *ihrer* Tochter. Luise Steiner pflegte ihr Andenken auch noch Jahre nach dem Tod Frederik Ehlerts. Die spinnt doch, dachte Max.

„Heute hat mich so eine Schnüfflerin im Hafen besucht", wechselte Brodersen das Thema. „Ging um meinen Vater. Wollte wissen, ob er Feinde hatte oder so."

„Und? Was hast du ihr erzählt?“, fragte sie.

„Was schon? ... Der Alte war komplett vereinsamt. Er hatte keine Feinde mehr, außer sich selbst.“

„Das hast du schön gesagt, mein Lieber“, lobte ihn die Literaturliebhaberin Luise und beugte sich hinunter, um ihn auf den Mund zu küssen. Brodersen spürte ihren Atem auf seinen Lippen, konnte jedoch den Kopf in letzter Sekunde zur Seite drehen. Der Kuss landete auf der Wange. Frau Steiner dachte nicht weiter darüber nach. „Und, wie geht es deiner Mutter?“

„Der schwarzen Witwe?“, fragte Brodersen und musste lachen. „Lach mich tot, dass sie der einen Mord anhängen wollten. Die tut doch keiner Fliege was zu Leide.“

„Als du mir das erzählt hast, dachte ich, ich höre nicht recht“, sagte Frau Steiner und warf ihren Kopf in den Nacken. Sie stieß einen undefinierbaren Laut aus. Irgendetwas zwischen Kichern und Gebrüll. Dann schnellte sie nach vorn und unternahm urplötzlich einen neuen Anlauf. Diesmal gelang es ihr, die Lippen ihres kleinen, runden Mundes richtig zu platzieren. Mit beiden Händen ergriff sie seinen Kopf und hielt ihn fest.

Max Brodersen ertrug es stumm.

***

Es dämmerte bereits, als Westphal ihr Auto Am Alten Kreidebruch parkte. Das Haus der Brodersens lag nur wenige hundert Meter Luftlinie von hier entfernt. Sie nahm die Hände vom Lenkrad und erinnerte sich an den ungemütlichen Vormittag, den sie mit der Leiche von Henriette Brodersen und den drei Herren verbracht hatte, bis sie schließlich der Kriminalrat und alte Studienfreund Elmar Kaehr aus der Situation erlöst hatte. Sie schien die beiden

Kommissare Jung und Schleichert mit ihrer Anschuldigung tatsächlich getroffen zu haben. Aber was hätte sie tun sollen? Schweigen? Das hätte diesen Männern so passen können.

Das anschließende Mittagessen mit Kaehr hatte sie so einigermaßen wieder ins Lot gebracht. Es war bereits mehrere Monate her, dass sie sich mit ihm persönlich getroffen hatte. Zum Rügener Schmortopf in der Brasserie gab es viele ermutigende Worte des ehemaligen Schweriner Kollegen. Er hatte sie mehrmals daran erinnert, dass sie notfalls jederzeit von der Dienstersatzvereinbarung zurücktreten könne. Er wusste allerdings auch, dass sie das nie tun würde. *Eine Lydia Westphal gab nicht auf.*

Sie hatte Kaehr nochmals ausführlich von dem merkwürdigen Treffen mit dem beunruhigten Mark Fibinger berichtet, der sie in Güstrow auf dem Parkplatz abgefangen hatte. Inständig hatte der Polizeischüler sie angefleht, sie möge sich dafür einsetzen, dass seine Suspendierung von der Polizeischule wieder rückgängig gemacht werde. Als sie ihn jedoch auf sein Erbe angesprochen hatte, war er ihr ausgewichen. Mittlerweile stand nämlich fest, dass der alte Fibinger seinem Enkel seinen kompletten Besitz vermacht hatte. Haus, Grundstück, Bank- sowie Bargeldvermögen würden damit recht bald an den jungen Mann fallen. Auch deshalb waren Kaehr und Westphal übereingekommen, dass man Fibinger zeitnah einen weiteren Besuch abstatten sollte.

Aber all das würde sie für eine paar Stunden vergessen müssen, denn den heutigen Abend wollte sie mit Florian verbringen … Hatte sie da gerade ein Kribbeln in der Magengegend verspürt? *Ach was!* Das musste der Hunger sein. Sie lächelte und sprang aus dem Auto. Mit weit ausladenden Schritten lief sie durch den Wind auf die weiße

Haustür zu und betätigte die Klingel. Kurz darauf öffnete sich die Tür.

„Moin, Lydia!“, begrüßte Florian sie. Er wirkte schüchtern. Und er sah gut aus.

„Moin!“

Noch im Korridor des Hauses stieß ihre Hand mit der Florians zusammen. Es war eine zufällige Berührung, kurz, flüchtig, kaum spürbar. Aber sie brachte die beiden dazu, dass sie sich unvermittelt und einen Moment zu lange in die Augen sahen. Lydia wusste, was dieser Blick bedeutete, was er für Konsequenzen haben würde. Im Bruchteil einer Sekunde wurde ihr klar, warum sie hier war und dass es heute geschehen würde. Und vor allem fühlte sie, dass Florian es auch wusste. Sie ergriff seine Hand. Die Ereignisse des Tages verblassten plötzlich. Langsam beugte sie sich vor. Er lächelte. *Hatte sie nicht irgendetwas mit ihm besprechen wollen*? Als ihre Lippen sich berührten, war es, als ob sie unendlich tief fallen würde.

Erst mehrere Stunden später konnte sie wieder einen klaren Gedanken fassen.

***

Westphal saß in ihrem Auto und war auf dem Weg zu Mark Fibinger. Sie fühlte sich merkwürdig. Sie war früh von Florian aufgebrochen. Ohne Frühstück, aber mit Kuss. Sie hatte ihm angesehen, dass er sie gerne bei sich behalten hätte. Aber sie wollte vor dem Dienstbeginn an der Schule noch den Hausbesuch bei Mark Fibinger hinter sich bringen.

Als sie die Rügenbrücke überquerte, blickte sie hinunter auf den Dänholm und fragte sich, wie viele Menschen dort wohl dauerhaft wohnten. Ein seltsamer Flecken Erde. Die Bewohner des Dänholms, dachte Westphal, lebten einerseits in Abgeschiedenheit und andererseits unter ständiger Beobachtung. Die Bundespolizei gleich nebenan.

Wie mussten sie sich vorkommen, wenn sie den Verkehr zwischen Rügen und dem Festland betrachteten? Links liegen gelassen, *übergangen*? Das Leben floss nicht nur seitlich auf dem Strelasund an ihnen vorbei. Sondern auch über ihnen auf der Rügenbrücke. Auf dem Wasser die Schiffe, oben die Autos und Züge.

Dänen, Schweden, Franzosen, Preußen, Reichsmarine, Volksmarine, Bundesmarine, schließlich die Bundespolizei. Künstlich verändert durch Aufschüttungen im Norden und zerteilt durch den Hafenkanal im Süden. Die Insel hatte im wahrsten Sinne des Wortes eine bewegte Geschichte. Nach den Armeen kamen immer die Museen, dachte Westphal. Der Dänholm war derzeit befriedet. Das Militär hatte sich von der Insel zurückgezogen. Wie lange wohl noch? Westphal wurde in ihren Gedanken unterbrochen, als das Display ihres Smartphones aufleuchtete.

„Moin, Elmar!"

„Moin, Lydia!", grüßte der Schweriner. „Schon auf den Beinen."

„Auf dem Weg nach Brandshagen", antwortete sie. „Und du so?

„Ich war fleißig", gab Kaehr zurück. „Beziehungsweise ein paar Kollegen in den Archiven."

„Jetzt bin ich ja mal gespannt", erwiderte Westphal. „Wissen wir, unter welchen Umständen Brodersen und Fibinger sich bei der Volkspolizei begegnet sind?"

„Bingo!", rief Kaehr. „Richtige Frage."

„Lass mich raten!“, entgegnete Westphal. „Es war derselbe Fall, der Heinrich Fibinger zum Aufhören bewogen hat? Habe ich Recht?“

„Vermutlich“, antwortete Kaehr. „Aber letztlich kannst du nie sagen, warum einer den Polizeidienst hinschmeißt. Oder?“

„Nein“, gab Westphal kleinlaut zurück.

„Bei vielen staut sich über die Jahre wohl was an …“

„Das passt aber dann nicht zu einem jungen Mann, der erst wenige Monate dabei war“, wandte Westphal ein. „Also, was weißt du? Raus mit der Sprache!“

„Es handelte sich um den Mord an der dreizehnjährigem Judith Ehlert aus Bergen im April 1975.“

„Noch nie von gehört …“

„Die Volkspolizei befand sich im Großeinsatz. Man wusste wohl, dass der Mörder sich auf der Insel befand. Überall patrouillierten Schutzpolizisten. Sogar Soldaten der NVA halfen mit. Sie bewachten Häfen, Bootsanlegestellen, Landstraßen und vor allem die Brücke zum Festland. Fibinger und Brodersen bildeten ein Team und waren mitten drin.“

„Und? Hat man den Täter gefasst?“

„Ja, und weißt du, wer es war?“

„Na, unsere zwei alten Männer.“

„Genau.“

„Und danach hat der Fibinger den Dienst quittiert?“

„Exakt.“

„Aber warum?“

„Aus den Akten geht hervor, dass die beiden einen erheblichen Anteil an der Ergreifung des Täters gehabt hätten. Sie haben später auch vor Gericht gegen ihn ausgesagt. Der Mann hieß Wilhelm Ziebich. Er war bewaffnet und wollte mit einem Kahn von der Insel fliehen.“

„Und?“

„Nach einer wilden Schießerei haben Fibinger und Brodersen ihn aus dem Wasser gezogen und verhaftet“, erklärte Kaehr.

„Nach solch einem Erfolg hört man doch nicht einfach auf, oder?“

„Das verstehe ich auch nicht“, erwiderte Kaehr. „Und damit ergibt sich für uns auch die große Frage: Warum hat die Ergreifung Ziebichs dazu geführt, dass Fibinger seine Polizeilaufbahn aufgab?“

„Und was hat das alles jetzt mit unserem Fall zu tun?“

„Das wird die Knobelaufgabe für die kommenden Tage sein. Lass uns die kleine Judith mal im Hinterkopf behalten.“

„Mmh …“

***

Eine halbe Stunde später fuhr Westphal bei Fibinger vor. Hier auf dem Festland hatte sich der dickste Nebel bereits verzogen. Nur vereinzelt hing noch wenig Nebelwatte in den Baumkronen fest. Das Haus lag ruhig und leblos da. Man hätte es für ein Gemälde halten können.

Westphal setzte ihre Füße auf den matschigen Boden. Die Autotür schlug sie extra laut zu. Eine Klingel sah sie nicht. Vorsichtig ging sie zum Hauseingang. An diesem Gebäude würde Mark Fibinger so einiges sanieren lassen müssen. Die Fenster waren alt und wirkten undicht. Der bröckelnde Putz hatte riesige Landkarten an die Fassade des Hauses gezeichnet. Herabgefallene Dachziegel lagen in Scherben neben dem Haus. Westphal sah nach oben. Die Regenrinne hing klappernd im Wind. Vielleicht doch kein so schönes Erbe. Na ja, das Grundstück machte das schon wieder wett. Es war groß genug und die Ostsee war nicht weit. Westphal ballte die Faust und hämmerte gegen die Tür. Sie wartete ein paar Augenblicke und versuchte es noch einmal. Nichts.

Sie zuckte zusammen, als sie plötzlich irgendwo hinter sich ein lautes Krähen vernahm. Sie drehte sich um, sah den Vogel aber nicht. Dann drückte sie die Klinke herunter. Die Tür war nicht verschlossen. Auch seltsam, dachte Westphal, nachdem ein Angreifer gewaltsam in das Haus eingedrungen war und einen wehrlosen Bewohner erschossen hatte. Sollte Fibinger sich da nicht mehr um seine Sicherheit sorgen?

„Moin!", ertönte es aus dem Dunkeln heraus. Westphal sah niemanden, erkannte jedoch Fibingers Stimme.

„Moin! Gibt es hier auch Licht?", fragte sie und hörte, wie sich die schlurfenden Schritte des jungen Mannes näherten.

„Nee. Glühbirne kaputt", gab Fibinger zurück. „Lassen Sie uns in die Küche gehen. Kommen Sie."

Jetzt erkannte Westphal die Umrisse Fibingers. Für einen Moment sah sie sein weißes Gesicht in der Dunkelheit schimmern. Westphal setzte vorsichtig einen Fuß vor den anderen. Ein Licht ging an. Es fiel von einem benachbarten Raum in den Korridor. Es war die Küche. Fibinger kratzte sich verlegen den Hinterkopf. „Moin noch mal!"

„Hallo!", erwiderte Westphal seinen Gruß und trat ein.

„Darf ich Ihnen was anbieten? Tee, Kaffee?"

„Einen schwarzen Tee würde ich nehmen."

„Müssen Sie heute noch in die Schule?"

„Ja, aber erst um elf."

„Eigentlich eine gute Arbeitszeit"

„Ja. Habe ja nur eine halbe Stelle."

„Mmh …“, murmelte Fibinger und stellte Tasse und Zuckerdose vor ihr ab. „Setzen Sie sich doch!“

Westphal nahm an dem abgewetzten Küchentisch platz. Er war mit flaschengrünem Linoleum bespannt und stammte definitiv aus einer anderen Zeit.

„Wie geht es Ihnen, Herr Fibinger?“, fragte Westphal. „Nach dieser ganzen Geschichte.“

„Schlecht“, entgegnete er. „Mein Opa ist in seiner Wohnung erschossen worden und mich hat die Kripo verhört. Meine Polizeiausbildung kann ich an den Nagel hängen.“

„Die Suspendierung wird wohl aufgehoben werden“, sagte Westphal und schmunzelte. „So viel kann ich Ihnen schon verraten.“

„Solange die Mordkommission den Täter nicht hat, wird immer etwas hängen bleiben“, erwiderte Fibinger. „Und außerdem hat man mir bereits gesagt, dass ich unerwünscht bin.“

„Wer soll denn das gesagt haben?“

„Ein Hauptkommissar. Er ist Lehrer an der Schule. Unterrichtet aber nur die Anwärter aus der Laufbahngruppe 2.“

„Wann hat er denn das gesagt?“

„Ich war gestern in der Schule, um mit dem Schulleiter zu sprechen. Da ist er mir über den Weg gelaufen. Er ist kurz stehengeblieben, hat gesagt, dass mich keiner haben will, und ist direkt weitergegangen.“

„Name?“, hakte Westphal nach.

„Kenne ich nicht.“

„Finden wir heraus“, beschwichtigte ihn Westphal.

„Ist doch jetzt egal. Habe ich mir sowieso schon gedacht. Bei den anderen Lehrern bin ich ja auch unbeliebt. Merkt man doch“, sagte Fibinger und sah Westphal ernst an. „Aber bitte fragen Sie mich jetzt nicht schon wieder zu irgendwelchen Mobbing-Geschichten aus. Ich wurde nicht gemobbt. Punkt."

„Ich denke nicht, dass Sie unbeliebt sind bei den Lehrern", widersprach ihm Westphal. Sie wunderte sich, wie er darauf kam. Sah er sich nicht etwas zu sehr als Opfer?

„Sind Sie deswegen hier?", fragte Fibinger. „Um mir Mut zu machen?"

„Nein", antwortete Westphal. „Ich möchte mit Ihnen über Ihren Opa sprechen."

„Was wollen Sie wissen?"

„Hat er jemals von seiner Zeit bei der Volkspolizei erzählt?", begann Westphal und blickte hinaus in die Morgendämmerung. Jetzt sah sie die beiden. Die Krähen saßen stumm auf dem Ast eines toten Baumes, der zwischen dem Hof und einem diesigen Brachfeld stand.

„Oh, da fragen Sie vielleicht was", gab Fibinger zurück und schenkte Westphal heißes Wasser ein. Bedächtig zog er einen Teebeutel aus einer Schublade und legte ihn neben die Tasse. Dann nahm er mit dem Rücken zum Fenster Platz. Er saß jetzt Westphal gegenüber. Sein Gesicht lag im Halbschatten. Das Westphals war hell ausgeleuchtet. Falsche Sitzordnung, sagte sie sich. *Anfängerfehler!* Ob Fibinger das bewusst war?

„Wissen Sie, warum er nur so kurz bei der Polizei war?"

„Mmh ...", machte Fibinger. „Sieht schlecht aus ... Weiß da gar nichts."

„Er hat bestimmt mal etwas erzählt", erwiderte Westphal. „Spätestens, als Sie sich entschlossen hatten, zur Polizei zu gehen, muss er doch mal eine Anekdote ausgepackt haben."

„Ach, da lebte er eigentlich schon in seiner eigenen Welt."

„Neulich meinten Sie noch, dass er ganz oft helle Momente gehabt hätte“, wandte Westphal ein. Von draußen drang der Schrei der Krähen hinein. Sie blickte hinaus, sah sie aber nicht mehr. Der Himmel war grau. Ein düsterer Wintertag hatte begonnen.

„Mir fällt ein, dass ich Ihnen was zeigen kann“, sagte Fibinger. „Er hat oben eine Kiste mit alten Sachen. Da ist vielleicht was dabei. Ich wollte mir das ganze Zeug sowieso mal ansehen.“

„Das klingt gut“, erwiderte Westphal.

„Steht im Obergeschoss“, antwortete Fibinger und stand auf.

Schweigend stiegen die beiden eine schmale Treppe hinauf. Im spärlichen Licht tastete Westphal sich an den Wänden entlang. Als sie oben angelangt waren, betätigte Fibinger mehrere Lichtschalter. Einer funktionierte. Sie befanden sich in einer Art Arbeitszimmer, das zur Abstellkammer geworden war. Westphal sah einen verstaubten Schreibtisch, einen Bürostuhl, Regale und jede Menge Kisten und Kartons. Fibinger trat an ein Metallregal und zog einen großen Karton aus der untersten Ablage.

„Wollen wir mal sehen“, sagte er. Im selben Moment ertönte ein Geräusch von draußen. Westphal sah durch das kleine, verschmutzte Fenster, konnte aber nur die kahle Baumkrone einer Eiche sehen.

„Was war das?“, fragte sie erschrocken.

„Habe nichts gehört“, entgegnete Fibinger und öffnete den Karton.

Ganz obenauf lagen alte Hotelprospekte von Gran Canaria. Sie waren mit Hochglanzbildern von Hotelanlagen und Stränden versehen.

„Das ist schon mal nichts“, sagte Fibinger und nahm einen Stoß Prospekte aus dem Karton. Darunter kamen weitere zum Vorschein. Wieder waren es Ferienorte in Spanien.

„Die sind schon etwas älter“, bemerkte Westphal.

„Müssen aus den Achtzigern oder Neunzigern stammen“, erklärte Fibinger. „Die hat er sich per Post schicken lassen.“

„Hatte Ihr Opa Westverwandtschaft?“, fragte Westphal.

„Hätte die Volkspolizei ihn dann genommen?“, fragte Fibinger lakonisch zurück und nahm den nächsten Stoß Werbebroschüren aus dem Karton. Mehrere in Zeitungspapier eingewickelte Päckchen kamen zum Vorschein.

„Es wäre auf jeden Fall ein Entlassungsgrund gewesen“, stellte Westphal fest. „Was ist das?“

„Opa hatte mal angedeutet, dass er noch ein paar alte Waffen hat. Ich schätze mal, das sind sie“, erwiderte Fibinger und nahm das erste Päckchen in die Hand. „Ganz schön schwer.“

Auch Westphal ging jetzt in die Hocke und griff eines der Päckchen. Das Zeitungspapier stammte von der Zeitung *Neues Deutschland*.

„Januar Achtundsiebzig ... Jahrhundertwinter“, las Fibinger und brachte eine Pistole zum Vorschein. „Eine Makarow.“

„Das hier ist die Munition“, stellte Westphal fest, als sie das nächste Päckchen auspackte.

„Schaffen wir wohl mal direkt runter“, sagte Fibinger und legte die Pistole halb eingewickelt zurück in den Karton. Westphal legte auch die Munition wieder dazu.

„Gute Idee“, sagte sie und zückte ihr Handy. „Das lasse ich sofort abholen.“

„Nicht, dass ich gleich wegen der nächsten Sache drankomme“, entgegnete Fibinger. „Illegaler Waffenbesitz wäre wohl definitiv das Aus.“

Langsam stieg Fibinger die Treppen hinab. Westphal leuchtete ihm mit ihrem Handy den Weg. Als sie unten in der Küche ankamen, ertönte erneut ein Geräusch. Dann folgte ein Krachen, das sich so anhörte, als sei jemand auf ein dickes Holzbrett getreten und habe es in einer Wippbewegung gegen den Boden schlagen lassen.

„Das muss neben dem Haus gewesen sein“, sagte Fibinger und sah Westphal mit großen Augen an. Die ehemalige Kriminalrätin zögerte nicht lange. Sie nahm die Makarow aus dem Zeitungspapier und riss die Pappschachtel mit der Munition auf. Dann lud sie die Waffe.

„Meinen Sie, dass … ?“, fragte Fibinger.

„Sind da noch mehr?“, unterbrach ihn Westphal und griff ein weiteres Päckchen. *Und dort waren noch mehr*. Sie gab Fibinger die geladene Waffe in die Hand und packte die nächste Pistole aus. Dann wählte sie Kaehrs Nummer. Er ging nicht ans Telefon.

„Wir gehen raus und schauen“, sagte sie. Während sie langsam den Korridor entlanggingen, versuchte sie Jung anzurufen. Auch er antwortete nicht. Also schickte sie beiden Männern eine SMS und wählte den Notruf. Von draußen ertönten Schritte. Vor dem Haus mussten sich mehrere Personen befinden. Westphal drückte Fibinger das Telefon in die Hand. „Sagen Sie, dass sich Einbrecher an Ihrem Haus befinden und entsichern Sie Ihre Waffe.“

„Ja.“ Fibinger sah bleich aus, als er sich das Handy ans Ohr hielt.

„Alles klar?“, wollte Westphal wissen, ohne Fibinger anzusehen. Konzentriert starrte sie auf die Eingangstür. Sofort kamen die Erinnerungen an ihren letzten bewaffneten Einsatz zurück. Alle ihre Sinne waren geschärft.

„Geht so.“

Dann betätigte Westphal die Klinke der Haustür. Im selben Moment fiel ein Schuss.

„Achtung!", rief sie und schlug die Tür wieder zu.

„Hier sind bewaffnete Einbrecher am Haus. Sie haben geschossen", rief Fibinger in das Telefon. Während er die genaue Adresse durchgab, rannte Westphal zurück in die Küche. Fibinger folgte ihr.

„Wir müssen einen sicheren Ort finden, bis die Verstärkung da ist." Kaum hatte sie den Satz gesagt, ertönten Schritte. Diesmal im Haus.

„Sie sind drinnen", sagte Fibinger und sah auf seine Waffe. „Scheiße!"

„Wo können wir uns verschanzen?", fragte Westphal. Sie musste an Berichte über Mexiko denken. Dort verfügten viele Häuser über eine kugelsichere Kammer. Ein Schutz gegen Querschläger von Straßenschießereien. Das gab es hier wohl kaum.

„Im Bad vielleicht", erwiderte Fibinger. Doch im selben Moment ertönten mehrere Schüsse. Glas klirrte, Holz splitterte. Die Eindringlinge waren durch die Terrassentür in das Wohnzimmer eingedrungen. Schwere Schritte polterten heran. Westphal richtete die Pistole auf die Küchentür. Fibinger tat es ihr nach. Zaghaft.

Dann durchschlugen mehrere Kugeln die Tür. Fibinger sank zusammen. Er hatte nicht einen Schuss abgegeben. Westphal blickte sich um. Direkt hinter ihr befand sich eine kleine Tür. Das musste die Speisekammer sein. Westphal öffnete sie und duckte sich in den schmalen Raum, der kaum einen Meter fünfzig hoch war. Sie gab mehrere Schüsse auf die Küchentür ab. Ein Schrei ertönte. Es krachte und eine große schwarzgekleidete Gestalt stolperte in die Küche. Der Mann brach direkt neben Fibinger zusammen. Westphal sah, dass er getroffen war.

Blut sickerte aus beiden Oberschenkeln. Sie nahm die Waffe des Angreifers an sich.

Anschließend griff sie nach Fibingers Makarow und stürmte aus der Küche. Es ertönten weitere Schüsse. Jemand hatte von draußen auf die Eingangstür gefeuert. Westphal wusste, dass sie nicht weitergehen konnte. Der zweite Angreifer musste draußen nur darauf warten, dass sie das Haus verließ. Vielleicht auch ein dritter. Es wäre sicherer, wenn sie drinnen blieb und wartete. *Bloß keinen Fehler machen!*

Sie schlich zurück in die Küche. Auf dem Boden lagen die zwei Männer. Fibinger hatte eine Schusswunde im Unterleib. Außerdem blutete er am Kopf. Westphal vermochte nicht, zu sagen, ob er sich beim Fallen gestoßen hatte, ob es ein Streifschuss oder vielleicht sogar schlimmer war. Beide atmeten schwer und stöhnten vor Schmerz. Sie waren bei Bewusstsein. Das war gut. Westphal ging in die Hocke und riss dem Angreifer die Sturmhaube vom Gesicht. Er stöhnte laut auf. Sie kannte diesen Mann. Es bestand kein Zweifel daran, dass sie den Kerl vor kurzem auf einem Foto gesehen hatte.

„Wer ist das?“, rief Westphal laut. „Fibinger! Kennen Sie ihn?!“

Grob griff sie den Kopf des Angreifers und hob ihn an, so dass Fibinger ihn sehen konnte. *Jetzt sieh schon her!*

„Fibinger!“, schrie Westphal.

Der Polizeischüler öffnete die blutverklebten Augen. Es dauerte eine gefühlte Ewigkeit, bis er den Kopf so weit gedreht hatte, dass er den niedergeschossenen Eindringling sehen konnte.

„Wer ist das?“

„Manne … Holst“, stöhnte er.

„Wusste ich es doch!“, zischte Westphal. *Ganz schön fett geworden!* Das Foto in der Akte hatte noch einen adretten Mann in seinen Vierzigern gezeigt.

„Was wollte dieser Mann von Ihnen?!“, schrie Westphal. „Warum hat er uns überfallen?“

Aber Fibingers Augen waren schon wieder geschlossen.

Kapitel 21

Vor dem Haus in Brandshagen standen mehrere Einsatzwagen von Sondereinsatzkommando und Schutzpolizei, ein Notarzt- sowie ein Rettungswagen, zwei Wagen der Funkstreife, Westphals Auto sowie ein silbergrauer VW Passat. Mindestens zwei Dutzend schwerbewaffnete Beamte hatten sich teilweise direkt am Gebäude, teilweise an den Autos postiert, die Maschinenpistolen schussbereit. Der Notarzt befand sich noch im Gespräch mit den Rettungssanitätern. Im gleichen Augenblick landete der Helikopter mit den beiden Schwerverletzten im Universitätsklinikum Greifswald.

Die Transporter, in denen die Hundertschaft an den Tatort gekommen war, standen an der alten B96. Die Einsatzleitung hatte die Kollegen von dort aus ausschwärmen lassen. Vor der Kormorankolonie bei Niederhof lag ein Boot der Küstenstreife, dessen Befehlshaber sich sicher war, dass niemand sich über den Wasserweg abgesetzt hatte.

Westphal saß mit Jung in dem silbergrauen Passat. Der Adrenalinausstoß hatte sie erschöpft und sie fragte sich, wann Kaehr endlich vor Ort sein würde. Immer wieder spielten sich die Szenen im Haus vor ihrem inneren Auge ab. Dazu vernahm sie den Lärm, der sich wie ein Tinnitus in ihrem Gehörgang festgesetzt hatte. Das berstende Holz, das trockene Knallen der Schüsse und das Röcheln der Verletzten. Und immer noch kein Frühstück. Sie hatte Hunger.

„Ich fragte ihn“, sagte Westphal, ohne Jung anzusehen. „*Was macht dieser Mann hier?*“

„Und?“, entgegnete Jung. „Was hat er antwortet?“

„Nichts“, sagte Westphal. „Er ist stumm geblieben. Hat nur gestöhnt vor Schmerzen.“

„Und was glauben Sie?“, fragte Jung und sah auf den schwarzen Volvo, der draußen vorfuhr. Kriminalrat Elmar Kaehr war aus Schwerin gekommen.

„Na ja, irgendwoher müssen sich die beiden ja gekannt haben“, murmelte Westphal. „Wenn wir das herausbekommen, dann wissen wir auch, warum sie Fibinger ermorden wollten.“

„Die Kollegen durchsuchen in diesem Augenblick die Wohnung von Holst sowie Fibingers Zimmer in Güstrow.“

„Meinen Sie, dass Fibinger aussagen wird?“

„Davon gehe ich aus“, antwortete Westphal. „Wenn er durchkommt, wird er kooperieren. So schätze ich ihn ein.“

Westphal und Jung beobachteten, wie Kaehr die Einsatzleitung begrüßte und sich dann mit den Kriminaltechnikern unterhielt. Die ballistische Untersuchung hatte bereits begonnen.

„Vielleicht führen uns ja die Waffen zu den Angreifern“, mutmaßte Jung.

„Holst trug eine Glock bei sich“, entgegnete Westphal. „Sah mir stark nach Bundeswehrbestand aus.“

„Hunderte verschwundene Waffen bei Bundeswehr und Polizei“, warf Jung ein.

„Dürfte also nicht sehr aussagekräftig sein“, sagte Westphal. „Aber unterschätzen Sie nicht die Möglichkeiten unserer Ballistiker. Für die sind Waffen fast wie Menschen. Jede hat ihren ganz eigenen Finger- … ähm … Patronenabdruck.“

Es klopfte an der Scheibe. Dann ging die Tür auf. Kaehr nahm stumm auf der Rückbank Platz und legte Westphal seine Hand auf die Schulter. „Wie geht es dir?“

„Es geht“, gab Westphal zurück. „Erschöpft, aber heile.“

„Gut“, gab Kaehr zurück. „Moin, Herr Jung!“

„Moin, Herr Kaehr!“, erwiderte Jung den Gruß. „Was sagt die Spurensicherung?“

„Die Ballistiker sind noch dran, aber es hat sich wohl um Waffen von Bundeswehr und Polizei gehandelt. Der flüchtige Angreifer hat vermutlich dieselbe Waffe verwendet, mit der auch Heinrich Fibinger erschossen wurde.“

„Baugleich oder identisch?“, fragte Westphal.

„Steht noch nicht fest. In ein paar Stunden wissen wir mehr“, gab Kaehr zurück und blickte finster drein.

„Was ist?“ Westphal spürte sofort, dass er noch nicht fertig war.

„Mark Fibinger ist vor wenigen Minuten seinen Verletzungen erlegen.“

Kapitel 22

Zwei Tage später stand Lydia bei Florian im Korridor und streifte sich die Winterstiefel von den Füßen. Sie hatte sich auf diesen Moment gefreut. Er schob ihr die Hausschuhe hin, die ihr mittlerweile wie die eigenen vorkamen. Zwei Stunden später lagen sie nackt nebeneinander in seinem Bett.

„Und wie lange ist Kai nun bei seinen Großeltern?“, fragte Lydia.

„Wahrscheinlich bis zum Wochenende“, antwortete Florian. „Wieso? Willst du vorher noch mal kommen?

„Gern“, sagte Lydia. „Frage mich natürlich auch, wie ich es Marija beibringe. Irgendwann muss sie es ja erfahren.“

„Was denn?“

„Was eben zwischen uns ist.“

„Und was ist zwischen uns?“, wollte Florian wissen.

„Ach … werden wir ja sehen“, antwortete Lydia. „Im Moment macht es jedenfalls Spaß. Was die Kinder angeht, sollten wir trotzdem nichts überstürzen. Bist du einverstanden damit?“

„Solange die Großeltern aushelfen …“, gab Florian zurück. „Ist ja ihr einziger Enkel. Werden nicht anders können.“

„Verstehst du dich gut mit ihnen? Klingt irgendwie nicht so.“

„Ach, geht schon.“

„Du hast nie erzählt, was mit deinen eigenen Eltern passiert ist“, fuhr Lydia fort.

„Meine Mutter ist vor vier Jahren nach langer Krankheit gestorben. Mein Vater verschwand aus meinem Leben, als ich fünf Jahre alt war."

„Wie das?", wollte Lydia wissen.

„Tja …", machte Florian. „Wenn ich das wüsste … Ein ungelöstes Rätsel. Meine Mutter hat mich großgezogen, ohne sich groß darüber auszulassen. Nach seinem Verschwinden sind wir von Greifswald in die Uckermark gezogen. Sie hat dort bis zur Wende in einem LPG-Betrieb gearbeitet."

„Für das Studium bist du wieder an die Küste gekommen?"

„Zuerst nach Rostock. Dort habe ich Kais Mutter kennengelernt. Vor fünfzehn Jahren sind wir dann nach Sassnitz gezogen."

„Und du weißt wirklich gar nichts über den Verbleib deines Vaters?"

Lydia drehte sich zu Florian. Sie sah im Profil, wie er schluckte und die Augen kurz schloss. Dachte er nach? Berührte ihn diese Frage zu sehr?

„Meine Mutter wollte nie darüber sprechen. Sie wisse es nicht, hat sie immer behauptet. *Dein Vater ist einfach verschwunden. Ich weiß nichts von ihm.* Das hat sie gesagt."

„In den Westen abgehauen?", hakte Lydia nach.

„Und dann?", fragte Florian. „Hätte er sich nach der Wende nicht bei mir melden können?"

Lydia spürte, dass er sich unwohl fühlte. Sie stand auf und ging ins Bad. Als sie zurück ins Schlafzimmer kam, wechselte sie das Thema.

***

Tjark Seefeldt war noch in der Nacht nach dem Angriff gefasst worden. Die Kriminaltechnik des LKA hatte die Spuren des Fluchtfahrzeugs in der Nähe des Hauses gesichert. Es hatte festgestanden, dass es sich um ein Motorrad gehandelt hatte. Die Polizei hatte sofort eine großräumige und länderübergreifende Fahndung ausgerufen. Binnen weniger Stunden hatte sie Hunderte von Motorrädern in Mecklenburg-Vorpommern, Schleswig-Holstein und Brandenburg kontrolliert. Irgendwo zwischen Greifswald und Güstrow hatten sie ihn dann erwischt. Sein verdächtiges Verhalten hatte eine Streife misstrauisch werden lassen. Die Schutzpolizisten hatten den jungen Mann unter einem Vorwand aufgehalten und das SEK alarmiert.

Einen Tag später stand der an Händen und Füßen gefesselte ehemalige Polizeischüler in Begleitung von einem Dutzend SEK-Beamten vor der Stahltür eines Bunkers auf dem Dänholm. Kommissar Jung und Kriminalrat Kaehr waren dabei. Aber außerdem gab es Kollegen vom BKA und dem Landesamt für Verfassungsschutz.

Noch immer konnten die Kollegen der Bundespolizei es nicht fassen, dass die Gruppe ihre konspirativen Treffen direkt vor ihrer Nase abgehalten hatte. Seefeldt zeigte den Beamten bereitwillig sämtliche Waffen- und Lebensmittelverstecke auf der Insel. Die Aussicht auf die Strafmilderung hatte ihn zum Reden bewogen. Da man ihm gesagt hatte, dass der Chef der Gruppe, Manne Holst, seinen Schussverletzungen erlegen war, hatte er keine Furcht gehabt, sämtliche Namen der Gruppe preiszugeben. Darunter befanden sich noch ein weiterer Polizeischüler namens Peter Baumann, dessen Vater Klaus Baumann sowie drei weitere Mitglieder. Nach der Begehung der Prepper-Lager flog die Bundespolizei Seefeldt per Helikopter nach Karlsruhe. Er unterstand jetzt der Bundesstaatsanwaltschaft.

„Da fliegt unser Fall davon“, sagte Jung zu Kaehr. Die beiden LKA-Beamten beobachteten, wie in der Ferne der Helikopter abhob.

„Das kurze Verhör, das ich gestern Nacht mit Seefeldt hatte, war nicht sehr aufschlussreich“, sagte Kaehr. Erst nachdem er den Polizeischüler verhört hatte, war der Fall offiziell an das BKA gegangen. „Ich meine, er hat uns alles verraten. Namen, Verstecke, alles. Nur das Mordmotiv erschien mir irgendwie unglaubwürdig.“

„Inwiefern?“, fragte Jung.

„Seefeldt hat ausgesagt, dass sie Fibinger beseitigen mussten, weil er zu viel von ihrer Gruppe gewusst habe“, entgegnete Kaehr. „Sie hatten ihn ausgeschlossen und danach befürchtet, dass die Treffen mit Frau Westphal ihnen galten. Sie dachten, er würde sie verpfeifen. Oder schlimmer: er wäre ein Spitzel von BKA oder Verfassungsschutz.“

„War Fibinger wirklich Teil dieser Gruppe?“, wollte Jung wissen.

„Laut Seefeldt nicht. Sie hatten ihn zwar in die Prepper-Sache eingeweiht. Dass sie jedoch auch über echte Waffen verfügten, habe er angeblich nicht gewusst. Das erklärt auch, warum er ihnen die Pistolen seines Großvaters nicht zur Verfügung gestellt hat.“

„Hätten sie sich noch etwas geduldet, wären sie sicher auch an die Waffen gelangt.“

„Und auch an das Erbe von mehreren Hunderttausend Euro. Die Gruppe musste von dem Geld gewusst haben.“

„Aber war es dann nicht unklug, den Fibinger auszuschließen?“

„Vielleicht wollte er das Geld ja auch gar nicht herausrücken“, vermutete Kaehr.

„Wir können ihn leider nicht mehr danach befragen …“

***

Westphal hatte ihren Volvo wie gehabt vor Florians Haus geparkt. Nachdem sie Elmar Kaehr noch eine SMS gesendet hatte, stieg sie aus und hastete durch Wind und Nieselregen zur Eingangstür.

„Moin!“, hauchte Florian und lächelte.

„Hi!“

„Essen ist schon fertig“, sagte Florian stolz. „Schillerlocke mit selbstgemachter Kräuterbutter und Kartoffeln.“

„Lecker“, rief Lydia aus. „Ich bin so hungrig.“

Als sie in die gut geheizte Stube kam, war der Tisch schon gedeckt. Bevor sie sich setzen konnte, hatte Florian bereits das Essen aus dem Ofen geholt, wo er es warm gehalten hatte. Lydia verbarg nicht ihr Erstaunen darüber, dass er solch ein guter Koch war. Sie lächelte ununterbrochen. Nur, als er sie nach dem Essen in den Arm nehmen wollte, versteifte sie sich ein wenig.

„Was ist denn?“, fragte Florian besorgt.

„Frauenangelegenheiten“, antwortete Lydia etwas verklausuliert und stand vom Tisch auf.

„Ach so …“, gab Florian zurück. „Ich dachte schon …“

Lydia fragte nicht nach, *was* genau er schon dachte, sondern begann einfach damit, das Geschirr abzuräumen.

„Lass das!“, forderte Florian sie auf. „Ehrlich. Das muss du nicht machen.“

Als sie die Teller in die Küche brachte, erblickte sie die Glasschale mit den Medikamentenpackungen. Sie war ihr bereits mehrere Male aufgefallen. Warum war sie heute so voll? Sie war stets davon ausgegangen, dass die Medikamente für Kai gewesen waren. Und der war doch gar nicht im Haus …

„Hast du Kai noch mal bei seinen Großeltern unterbringen können, ja?“, fragte sie ihn.

„Na, bis zum Wochenende“, sagte Florian und legte die Stirn in Falten. „Hatte ich dir doch gesagt.“

„Ach so, stimmt“, gab Lydia zurück. „Habe ich ganz vergessen.“

„Komm jetzt! Ich kann das später immer noch wegräumen“, forderte er sie auf und griff sie sanft am Handgelenk. Westphal folgte ihm bereitwillig ins Wohnzimmer. Dort angekommen ließ sie ihren Blick über das gut gefüllte Bücherregal schweifen.

„Wann genau war das noch mal mit deiner Dissertation?“, fragte sie ihn in einem beiläufigen Tonfall.

„Lass mich mal kurz grübeln“, gab Florian zurück. „Ich glaube, es war 2007 bis 2010.“

„Du weißt es nicht mehr?“, fragte Westphal zurück.

„Natürlich weiß ich es“, erwiderte Florian und schaute sie irritiert an.

Danach herrschte für einen kurzen Augenblick Schweigen. Westphal sah, dass er nervös wurde.

„Es wundert mich“, fragte Westphal weiter, „dass du nie einem Menschen begegnet bist, der deinen Vater kannte. Irgendjemand aus deiner Familie musste doch etwas gewusst haben.“

„Tja, war aber leider so“, sagte Florian. Auf seiner Stirn hatte sich ein glänzender Film gebildet. Immer wieder begann er, mit einem Bein zu wippen, unterließ es aber, wenn er dessen gewahr wurde. „Ich bin Einzelkind. Da war niemand, den ich hätte fragen können. Meine Mutter hatte den Kontakt zu ihrer Familie abgebrochen, als sie mit meinem Vater zusammengekommen war."

„Und du als Historiker hattest keine Möglichkeiten, jemanden ausfindig zu machen?", bohrte Westphal weiter und sah nach ihrem Handy. Es lag ein paar Meter entfernt auf dem Esstisch. Anschließend wanderte ihr Blick zur Wanduhr.

„Ich hatte einfach kein Interesse!", rief Florian. Beiden wurde schlagartig bewusst, dass diese Antwort einen Deut zu laut ausgefallen war. Das Stadium ihrer Bekanntschaft gestattete diese Lautstärke nicht. Westphal blieb ruhig. Sie sah, dass seine Hände zitterten.

„Das ist etwas anderes", gab Westphal zu. Und trotzdem hatte sie die wichtigste Frage noch nicht gestellt. „Wie hieß dein Vater denn?"

„Warum willst du das wissen?", fragte Florian zurück.

„Einfach so ...", entgegnete Westphal und blickte nochmals auf die Uhr. Jetzt bemerkte Florian es auch.

„Musst du bald wieder los?", fragte er.

„Nein, nein ... alles gut", erwiderte Westphal. „War in Gedanken nur gerade bei Marija. Nichts weiter. Wie hieß denn dein Vater nun?"

„Wilhelm, ... Wilhelm Ziebich", sagte Florian und schaute todernst.

„Ahh ...", machte Westphal und erhob sich. Doch bevor sie an den Esstisch treten konnte, auf dem sich ihr Handy befand, war Florian schon bei ihr und baute sich vor ihr auf.

„Was soll diese ganze Fragerei?", rief er. Sein Gesicht war rot angelaufen. Die Schweißperlen liefen ihm an den Schläfen hinunter.

„Was meinst du?"

„Warum schnüffelst du mich aus?“ Seine Lautstärke lag wieder über dem Level, das Westphal normalerweise zu akzeptieren bereit war. *Aber das hier war keine normale Situation mehr …*

„Ich habe doch nur ein paar Fragen zu deinem Leben gestellt“, sagte sie kühl. „Findest du das unpassend? Wenn ja, kannst du mir vielleicht verraten, warum?“

„Du fragst mich nach meiner Doktorarbeit, die ich nie abgeschlossen habe, nach meinem Vater, der mich verlassen hat, und nach meiner Frau, die ich verloren habe. Fällt dir etwas auf?“, fragte er erregt. „Ich will nicht darüber sprechen. Es sind allesamt schwierige Themen. Kommst du nicht selbst darauf, dass mich das belastet?“

„Aber warum nennst du mich eine Schnüfflerin?“, fragte Westphal. Sie war sich unsicher geworden.

„Weil du neulich hier geschnüffelt hast“, sagte er. „Du hast Schubladen geöffnet und warst an meinem Bücherregal.“

„Ähm … Ich wollte sehen, was du so liest.“

„In meinen Schränken?“

„Nein, in deinem Bücherregal“, entgegnete Westphal. „Darf ich nicht?“

„Nein“, sagte Florian.

„Also, es soll ja Menschen geben, die ein intimes Verhältnis zu ihren Büchern haben …“, versuchte sich Westphal krampfhaft an einem Scherz und sah zur Uhr. Sie wusste, dass es nur noch darum ging, Zeit zu gewinnen.

Dann nahm sie einen Schatten vor dem Wohnzimmerfenster wahr. *Sie waren gekommen …*

Kapitel 23

Wesphal saß ihnen gegenüber und wusste nicht, zu wem sie zuerst sehen sollte. Also blickte sie aus dem Fenster. Dort tat sich ein wolkenverhangener Winterhimmel auf, in dem von hellgrau bis dunkelgrau alle Farben zu finden waren. Auch ihre drei Gesprächspartner waren derart davon beeindruckt, dass sie immer wieder hinschauen mussten.

„Da ich etwas später gekommen bin, wäre es nett, wenn wir noch einmal von vorn anfangen könnten", sagte Schleichert und sah zu Kaehr. „Ich war ja im Gegensatz zu Ihnen, Herr Kaehr, nicht in diese Geschichte eingeweiht."

„Also, ich lernte Florian Bertel über das Kollegium der Polizeischule kennen", begann Westphal. „Wir verstanden uns gut und wollten eine Art betreute Freundschaft für unsere Kinder anleiern …"

„Diesen Teil kenne ich bereits …", warf Schleichert ein und sah entschuldigend zu Kaehr.

„Nach einigen Tagen ist mir aufgefallen, dass irgendetwas an seiner Lebensgeschichte nicht stimmig war. Damit ging alles los", fuhr Westphal fort. „Bertel hatte mehrmals von einer Doktorarbeit an der Uni Rostock gesprochen, wobei er mir die Namen von verschiedenen Doktorvätern genannt hatte. Er konnte ja nicht wissen, dass ich die Lehrstuhlinhaberin für Neuere Geschichte in Rostock persönlich kenne …"

„Du hast ihn also überprüfen lassen?", fragte Kaehr mit einem Augenzwinkern.

„Nein, es geschah ohne Absicht“, beschwor Westphal, setzte aber ein zweideutiges Lächeln auf. „Aber da es mir wichtig war, mit wem Marija und ich uns einlassen, wollte ich natürlich auch wissen, wieso jemand eine Doktorarbeit schmeißt.“

„Hatte er sie geschmissen?“

„Nein“, antwortete Westphal. „Er hatte sie nie begonnen. Zumindest nicht in Rostock.“

„Nun hatten Sie also herausgefunden, dass Bertel ein Lügner war …“, unterbrach Jung ihre Ausführungen. „Was taten Sie danach?“

„Erst einmal gar nichts, weil ich mir nichts dabei dachte“, antwortete Westphal. „Zumal er tatsächlich mal mit einem Promotionsvorhaben im Fach Geschichte an der Uni vorstellig geworden war. Das Exposé konnte ich tatsächlich noch ausfindig machen.“

„Was musste also noch geschehen?“, fragte Jung.

„Mehrere Dinge“, erklärte Westphal. „Mir war es zunächst seltsam vorgekommen, dass der studierte Historiker nichts über seinen Vater herausgefunden haben wollte. Zumindest hatte er das mir gegenüber mehrfach behauptet. Denn wenn sich jemand für ein Fach entscheidet, sollte er doch auch eine gewisse Leidenschaft dafür in sich tragen. Und in welchem Feld vereint sich das persönliche und das wissenschaftliche Interesse an Geschichte so gut wie in der Ahnenforschung? Kurz gesagt: Sollte ein studierter Historiker nicht zuallererst über seine Familiengeschichte Bescheid wissen?“

„Klingt logisch“, sagte Jung. „Wobei aber immer noch die Möglichkeit besteht, dass Bertel schlicht nichts über seinen Vater in Erfahrung bringen wollte. Aus rein emotionalen Gründen.“

„Und weiter?“, fragte Schleichert.

„Na ja, als ich dann am selben Nachmittag in seinem Bücherregal rein zufällig sowohl ein Lexikon über Pflanzengifte als auch einen Standardband der Tiermedizin fand, wurde ich langsam paranoid. Beide Bücher ließen sich mit den Morden an Brodersen und Hofer in Verbindung bringen."

„Kann man die nicht besitzen, ohne gleich ein Serienmörder zu sein?", fragte Kaehr.

„Das kann man", antwortete Westphal. „Doch Bertels Heimbibliothek war strikt alphabetisch geordnet. Nur diese beiden Bände standen außer der Reihe am Regalrand. Na ja, hinzu kam dann die Geländekarte der Ostseeküste vor Brandshagen. Sie steckte in dem Buch über die Pflanzengifte. Das waren Indizien, die zumindest eine weitere Recherche rechtfertigten."

„Das war auch der Zeitpunkt, an dem sie mich informierte", bemerkte Kaehr.

„Und wann war das?", wollte Jung wissen.

„Am Vorabend des Zugriffs", erwiderte Westphal. Sie erinnerte sich an den Moment, an dem sie vorgeblich das Bad aufsuchte, jedoch insgeheim nicht nur die beiden Bücher, sondern auch etliche andere Stellen im Wohnzimmer mit einem Kontrollstreifen für Munitionsspuren abwischte.

„Am Morgen vor dem Zugriff hatten wir die positiven Sprengstofftests in der Hand", sagte Kaehr. „Das waren wirklich ausreichend Indizien."

„Sie sind aber danach trotzdem noch einmal zu ihm in die Wohnung gegangen, Frau Westphal", fragte Jung. „Sind Sie damit nicht ein hohes Risiko eingegangen?"

„Das denke ich nicht. Außerdem war es mir wichtig, noch dieses eine Detail von ihm zu hören", antwortete Westphal. „Zumal das Haus ja bereits in dem Moment umstellt war, als ich es zum letzten Mal betrat. Es war verabredet, dass der Zugriff nach einer Stunde erfolgen sollte, falls keine Nachricht von mir kommt. Und da die Befragung Bertels recht zügig vorangeschritten war …"

„Welches Detail wollten Sie denn noch von Bertel erfahren?", fragte Schleichert.

„Den Namen des Vaters", antwortete Kaehr.

„Wilhelm Ziebich …", sagte Westphal.

„Den hatten Sie noch nicht?", fragte Jung.

„Frau Westphal vermutete es bereits. Aber wir wollten den Namen von Bertel selbst hören. Das Rachemotiv ergab sich für uns automatisch daraus. Für einen Strafprozess würde es reichen."

„Nun mal langsam!", forderte Schleichert und blickte zwischen Westphal und Kaehr hin und her. „Ich verstehe gar nichts mehr."

„Bertel hat mit den drei Morden die offensichtlich Hinrichtung seines Vaters gerächt …", nahm Westphal vorweg.

„Und wie das?", fragte Jung erstaunt.

„Wir hatten recht früh die Hypothese, dass der Mord an Fibinger, Brodersen und Hofer mit einer Begebenheit zusammenhängen musste, die weit in der Vergangenheit lag und bei der alle diese drei Männer zusammengearbeitet hatten. Womöglich ein Kriminalfall", sagte Westphal.

„ … was tatsächlich so war", fuhr Kaehr fort. „Fibinger und Brodersen spielten nämlich bei der Ergreifung des mutmaßlichen Mädchenmörders Wilhelm Ziebich eine entscheidende Rolle. Das geht zumindest so aus den noch vorhandenen Unterlagen hervor."

„Laut Akte nahmen die beiden Männer Ziebich nach einer Schießerei fest", ergänzte Westphal.

„Und welche Rolle spielte Hofer dabei?“, fragte Schleichert.

„Gut, dass Sie fragen“, gab Westphal zurück. „Andreas Hofer war ein ranghoher Offizier des Ministeriums für Staatssicherheit. In dieser Funktion überwachte er die Mordermittlungen zu dem Fall Judith Ehlert, einem dreizehnjährigen Mädchen aus Bergen.“

„Was hat ein Stasioffizier mit kriminalpolizeilichen Ermittlungen zu schaffen?“, fragte Jung.

„Die Stasi hatte freilich überall ihre Finger mit im Spiel“, gab Kaehr zurück. „Meistens beschränkte sich ihre Aufgabe auf die Überwachung der Kollegen ...“

„ ... nur in diesem Fall hatte Hofer eine aktivere Rolle“, fuhr Westphal fort. „Denn er veranlasste, dass der Mord an Judith Ehlert dem mehrfach vorbestraften Berufskriminellen Wilhelm Ziebich untergeschoben wurde.“

„Ziebich hatte den Mord gar nicht begangen?“, fragte Jung erstaunt.

„Nein, der Ziebich hatte so einiges auf dem Kerbholz: Einbruchdiebstahl, schwere Körperverletzung, bewaffneter Raub, Schmuggel, Betrug. Nur Mord war nicht darunter“, antwortete Westphal. „Er war der letzte Schwerverbrecher, der in der DDR hingerichtet wurde. Für ein Delikt, das er nicht begangen hatte.“

„Und kannte man den wirklichen Mörder?“, fragte Schleichert.

„Und jetzt kommen wir zu den Nachforschungen von Florian Bertel, dem verhinderten Promotionsstudenten“, entgegnete Westphal. „Er hatte nämlich in jahrelanger Archivarbeit selbständig herausgefunden, wer der echte Mörder von Judith Ehlert war.“

„ ... ein gewisser Sergej Mugorsky“, fuhr Kaehr fort. „Ein russischer KGB-Offizier, der nach dem Mord zurück in die Sowjetunion versetzt wurde, wo sich seine Spur verlor, was bei solchen Vorfällen nicht selten ist. Vermutlich landete er im Arbeitslager."

„Wieso das?", fragte Schleichert.

„Man wollte diesen Mann intern abstrafen, nicht aber der Gerichtsbarkeit der DDR unterstellen. Das war nicht unüblich und verbot sich sozusagen schon aus Prestigegründen. Die SU war immer noch Besatzungsmacht. Trotzdem sahen die DDR-Behörden sich dazu gezwungen, der beunruhigten Bevölkerung auf Rügen einen Schuldigen zu präsentieren. Ziebich kam ihnen sozusagen gelegen."

„Wie ist Bertel an diese Akten gelangt?", wollte Jung wissen. Westphal fiel zum wiederholten Mal auf, dass Jung nicht nur die intelligenteren, sondern auch die schwierigeren Fragen stellte.

„Mühsame Kleinstarbeit, zig Kontakte, Reisen nach Moskau, Bestechungsgelder", erwiderte Westphal. „Es bleibt natürlich immer ein Rest Unsicherheit. Fakt ist, dass es nie eindeutige Beweise gegen Ziebich gegeben hat. Nicht einmal diese Mühe haben sich die Behörden gemacht. Die Stasi ist wohl davon ausgegangen, dass es trotzdem irgendwie den Richtigen trifft. Ziebich war weithin als Schwerverbrecher bekannt. Der Oberstaatsanwalt der DDR plädierte auf Todesstrafe. Schließlich verurteilte man ihn wegen Mordes und richtete ihn in der zentralen Hinrichtungsstätte in Leipzig hin."

Westphal und die drei Männer blickten in den Himmel, an dem ein schwaches Glimmen erschienen war. Wenn der Wind weiter so heftig wehte, dann würde die Sonne den Durchbruch wohl noch schaffen. Und wenn es nur für ein paar Minuten wäre.

***

Direkt im Anschluss an das Treffen mit den beiden Kommissaren lösten Westphal und Kaehr die Dienstersatzvereinbarung auf und begaben sich in eine Pizzeria im Zentrum von Stralsund, um das Ganze spontan zu feiern. Die Pizza war nicht einmal mittelmäßig, aber dafür genoss Westphal das Gespräch mit Kaehr um so mehr.

„Gab es noch irgendwelchen Ärger vom Staatsanwalt?", fragte Westphal ihren langjährigen Kollegen.

„Absolut nicht", entgegnete Kaehr und grinste verschmitzt. „Passiert ja nicht alle Tage, dass eine Kriminalrätin mit Lehrauftrag einen Serienmörder fasst. Aber erzähl du mir doch mal lieber, was du über diesen Börnemann herausgefunden hast."

„Also, wie du vielleicht weißt, ist Doktor Börnemann nicht nur Chefarzt im Sana-Krankenhaus Rügen, sondern auch ehemaliger Landtagsabgeordneter und Bewerber für den Posten des Bürgermeisters der Stadt Bergen."

„Da kommt doch noch was", gab Kaehr zurück.

„Allerdings", antwortete Westphal. „Er war ganz nebenbei auch Offizier des MfS."

Kaehr konnte sich einen lauten Ausruf des Erstaunens nicht verkneifen. Zwei Studentinnen am Nachbartisch drehten sich nach ihnen um und kicherten.

„Wie hast du das denn herausbekommen?"

„Das war sozusagen ein Nebenprodukt von Bertels Recherchen", erwiderte Westphal. „Ich stieß rein zufällig auf den Namen des Arztes, als ich die Unterlagen durchging, die Bertel in fünfzehn Jahren Archivarbeit zusammengetragen hatte."

„Steckte Börnemann etwa auch mit in der Ziebich-Sache drinnen?“, wollte Kaehr wissen.

„Nein, nein. Er kam erst in den späten Achtzigern zu *Horch und Guck*“, gab Westphal zurück. „Aber offenbar erschien ihm selbst das schon karriereschädigend genug, so dass er sich auf einen Schweigepakt mit Baumann einließ, der von seiner Vergangenheit unterrichtet gewesen sein musste. Woher auch immer ...“

„Baumann garantierte dem Arzt, dass er die Klappe hielt. Dafür erhielt er kleine Gefälligkeiten.“

„Ganz genau. Wahrscheinlich hatte Baumann in der Nachwendezeit mal durchscheinen lassen, dass er gewillt ist, sein Wissen an den richtigen Stellen durchzustechen.“

„Erpressung ...“, erwiderte Kaehr. „Und dieser Börnemann hat wirklich die Absicht, sich zum Bürgermeister von Bergen wählen zu lassen?“

„Warum auch nicht?“, entgegnete Westphal.

„Und?“, fragte Kaehr lächelnd. „Wirst du dein Wissen über seine Vergangenheit mit den Behörden teilen?“

„Solange Börnemann es nicht selbst tut, sehe ich auch keine Veranlassung dazu“, antwortete Westphal.

„Wo kein Kläger, da kein Richter.“

„Ich gehe nicht davon aus, dass der Arzt von den Perversitäten Baumanns gewusst hat. Nein, nein, das ist nicht mein Stil. Ist außerdem ein guter Arzt.“

„Du mischst dich also nicht ein?“, fragte er.

„Auf keinen Fall“, antwortete Westphal. „Ich möchte nur, dass die Liste der Anklagepunkte gegen Baumann um sexuelle Nötigung ergänzt wird.“

Epilog

Westphal stand in der Zentralen Hinrichtungsstätte der DDR in Leipzig und grübelte aus unerfindlichen Gründen über die pietätlose Frage nach, ob der unerwartete Nahschuss wirklich das *bessere* Verfahren war, einen Menschen hinzurichten. Er hatte in den sechziger Jahren das Fallbeil als Hinrichtungsmethode ersetzt, da es mit diesem eine Reihe von Unfällen gegeben hatte. Das schmutzige Geschäft des Henkers war durch ein paar nur zur Hälfte abgetrennte Köpfe noch ein wenig schmutziger geworden. Der Schuss aus der P38 dagegen war nicht nur effizienter, sondern in den Augen der DDR-Führung wohl auch ein klein wenig humaner.

In der Regel schaffte man den zum Tode Verurteilten in aller Frühe zu der geheimen Hinrichtungsstätte, die in der ehemaligen Hausmeisterwohnung eines Gefängnisses mitten in der Leipziger Innenstadt untergebracht war. Meistens geschah dies unter dem Vorwand, den Gefangenen in eine andere Strafanstalt zu verlegen. Die Wachleute sperrten ihn in eine Zelle, die direkt neben der Hinrichtungskammer lag, und ließen ihn in dem Glauben, dies seien nun seine neuen vier Wände. Kurze Zeit später, sobald der eigens aus Berlin angereiste Henker sich bereit gemacht hatte, holten sie den ahnungslosen Verurteilten aus der Zelle und führten ihn seinem grausigen Schicksal zu.

Da war keine Rede von Henkersmahlzeit oder letzten Worten. In einem Nebenzimmer warteten bereits der Oberstaatsanwalt, ein Arzt und der Gefängnisdirektor. Die

Zahl der Eingeweihten war gering zu halten, denn Hinrichtungen galten im allgemeinen als ungünstiges Gesprächsthema. Aus diesem Grund stand in den Sterbeurkunden der Hingerichteten auch meist *Herzinfarkt*, nicht aber *Kopfschuss*.

Aber war es wirklich humaner, jemanden überraschend zu töten? War es nicht vielmehr feige, wenn man ihm nicht sagte, dass nun seine Stunde gekommen sei? Westphal fragte sich, ob Wilhelm Ziebich nicht vielleicht doch damit gerechnet hatte. Das Todesurteil hatte er ja schließlich bereits erhalten. Gab es einen sechsten Sinn für den Tod?

Und es wirkte trotz der Brutalität so schlicht, dachte Westphal. Unter einem Vorwand hatte das Wachpersonal Ziebich in seiner Zelle aufgesucht, während der Henker sein Arbeitsgerät ein letztes Mal überprüft hatte. Das grelle Licht in dem engen Korridor war scheinbar zufällig angegangen. Instinktiv hatte Ziebich sich weggedreht, weil er geblendet worden war. Diesen Moment hatte der Henker genutzt, um dem Häftling eine, zwei oder auch drei Kugeln aus seiner P38 in Genick oder Hinterkopf zu feuern. Jede Hinrichtung brachte zweihundert Ostmark inklusive Spesen. Fibinger und Brodersen hatten für ihre Falschaussagen mehr Geld erhalten.

Es waren diese Zahlungen gewesen, die ordentlich quittiert in den Personalakten von Fibinger und Brodersen aufgetaucht waren. Bertel hatte mit ihnen seinen unwiderlegbaren Beweis für die Schuld der beiden Volkspolizisten. Denn, wo es eine Belohnung geben hatte, musste auch ein freier Wille vorhanden gewesen sein. Aus den Prozessakten war zudem hervorgegangen, dass die beiden Volkspolizisten tatsächlich die einzigen beiden Zeugen gewesen waren. Auf ihren Schultern hatte man die

Last der erfundenen Täterschaft Ziebichs abgeladen. Ihre Aussagen allein hatten dem Delinquenten die unrechtmäßige Todesstrafe eingebracht. Falschaussagen, die der Stasioffizier Andreas Hofer eingefädelt hatte. Wieso hatten Fibinger und Brodersen sich dieser verbrecherischen Order nicht widersetzt?

Fibinger hatte das alles nicht verkraftet. Das Gift des Gewissens hatte schnell gewirkt. Er war wohl mit den besten Absichten zur Polizei gegangen. Das himmelschreiende Unrecht, das man Wilhelm Ziebich angetan hatte, hatte ihn aus dem Tritt gebracht. Und so hatte er der Volkspolizei wieder den Rücken gekehrt, kaum hatte er ihr erst richtig angehört. Da halfen auch die fünfhundert Ostmark Sonderprämie nicht. Ein lächerliches Entgelt für die Komplizenschaft bei einem Mord. Brodersen hingegen hatte weitergemacht. Und war zum Alkoholiker geworden. Der Start in ein missratenes Leben.

Bertel würde für die dreifache Selbstjustiz an Brodersen, Fibinger und Hofer nicht hingerichtet werden. Aller Wahrscheinlichkeit nach würde das Gericht ihn nach seiner Verurteilung auch nicht dem Regelstrafvollzug überantworten, sondern in die Forensische Psychiatrie stecken. Die Psychopharmaka, die Westphal am Tag des Zugriffs in der Wohnung des Mörders gesehen hatte, waren für Florian Bertel selbst bestimmt gewesen, nicht etwa für seinen Sohn. Bertel litt bereits seit seiner Kindheit an Schizophrenie. Fest stand auch, dass er über einen äußerst luziden Verstand verfügte, ohne den er wohl nicht imstande gewesen wäre, den Justizskandal um Wilhelm Ziebich so gründlich zu recherchieren.

Denn, dass es sich um einen Skandal handelte, dessen war sich auch Lydia Westphal bewusst. Bertel hatte nicht nur ein umfassendes Geständnis abgelegt, sondern in

Verhören mehrfach gefordert, dass man seinen Vater Wilhelm Ziebich rehabilitieren müsse. Die Aussichten darauf waren nicht die schlechtesten.

Kai Bertel lebte mittlerweile bei seinen Großeltern. Der Kontakt zu Marija bestand weiterhin. Westphal rechnete sich gute Chancen für die Freundschaft der beiden aus. Kais Hypothek wog hingegen schwer: Der Autist hatte einen Berufsverbrecher zum Großvater und einen dreifachen Mörder zum Vater …

ENDE

***

Sie wollen zukünftig nichts mehr von Birger Brand versäumen? Dann abonnieren Sie den Newsletter auf www.birgerbrand.de!

Printed in Germany
by Amazon Distribution
GmbH, Leipzig

19739808R00136